십이천문

十二天門

십이천문 13

허담 新무협 판타지 소설

초판 1쇄 찍은 날 § 2019년 10월 16일
초판 1쇄 펴낸 날 § 2019년 10월 23일

지은이 § 허담
펴낸이 § 서경석

총괄팀장 § 노종아
편집책임 § 김경민

펴낸곳 § 도서출판 청어람
등록번호 § 제387-1999-000006호
등록일자 § 1999. 5. 31
어람번호 § 제2-2813호

주소 § 경기도 부천시 부일로 483번길 40 서경B/D 3F (우) 14640
전화 § 032-656-4452 팩스 § 032-656-4453
http://www.chungeoram.com
E-mail § chungeorambook@daum.net

십이천문

十二天門

13

파천행 (破天行) 上

청어람
도서출판

허담 新무협 판타지 소설

FANTASTIC ORIENTAL HEROES

십이 천문

十二天門

目次

제1장
숲을 건드리다

　낮에는 각기 색을 달리하는 강들도 밤의 물색은 크게 다르지
않다.

　달이 뜨는 밤에도 마찬가지다. 달빛이 길게 늘어지며 강물을
번쩍이게 만들었다.

　풍경 좋은 밤이다.

　그러나 적월은 이 풍경 속에서 죽음의 향기를 느꼈다.

　익숙하지 않은 느낌, 어딘가 불편한 공기다.

　그럼에도 그들을 만나지 않을 수 없었다.

　물론 얼굴은 면사로 가리고 있었다. 오늘은 그의 현 신분인
마맹의 신마령주란 지위도 숨겨야 하는 만남이다.

　죽음의 향기를 몰고 온 자들은 살수들이었다.

　그 살수들을 불러 모은 자는 마해오객 중 한 명인 주불이다.

그리고 이 장소를 마련한 사람은 동객 홍가군이다.

낙양은 마해류의 영역 분류로 보자면 동객 홍가군의 관할이다.

그러나 마해밀도에서 살수를 관리하는 일은 대체로 주불이 책임지고 있었다.

그래서 오늘의 이 만남은 두 사람이 함께 준비한 것이다.

물론 살수들은 자신들이 마맹의 관리를 받고 있다는 것 자체를 모르고 있었다.

혼마 창의 명에 따라 마해오객은 평소 강호에서 흔적 없이 쓸 수 있는 살수들을 관리하고 있었다.

하지만 말이 관리지 살수들을 마해오객이 장악하고 있는 것은 아니었다.

마해오객은 평소에 꾸준히 그들에게 적당한 청부를 하고 후한 대가를 치름으로써 믿을 만한 청부자라는 인식을 심어주는 것이 전부였다.

그 와중에 마해오객은 청부를 한 살수들이나 살수문의 실력을 판단해, 개중 실력이 모자란 자들은 버리고 뛰어난 솜씨를 지닌 살수들을 추려내는 작업을 계속해 오고 있었던 것이다.

그래서 오늘 모인 살수들은 비록 규모가 작은 조직들이기는 해도 세간의 평판에 비해 몇 배는 뛰어난 숨은 실력자들이었다.

적월은 강과 험한 산 사이에 묘한 모습으로 서 있는 허름한 사당에서 문을 열어놓고 다가오는 죽음의 향기를 응시하고 있었다.

그리고 한순간 그 향기의 흐름이 멈췄다.

그러자 역시 복면을 하고 있던 주불이 사당 문 안으로 들어서며 조용한 목소리로 말했다.

"모두 모였습니다."

"음……."

"직접 만나보시겠습니까?"

죽음의 향기만 느껴질 뿐 살수들의 모습은 단 한 명도 보이지 않는다.

하지만 살수들이 사당 앞에 모인 것은 분명했다.

그럼에도 그들 중 누구도 사당 앞 공터에 실체를 드러내지는 않고 있었다.

그래도 큰 청부라 적월이 직접 대면하자고 하면 그중 우두머리들은 모습을 드러낼 것이다.

"그럴 필요가 있을까?"

적월이 되물었다.

일은 간단하다. 낙양 외곽 현학원을 부숴 버리면 되는 것이다.

굳이 자신이 살수들을 만날 이유가 없었다.

오늘 이곳에 살수들을 부른 것도 그들을 적월에게 인사시키기 위한 것이 아니었다.

각기 다른 세력의 살수들에게 하나의 청부를 하는 경우는 극히 드물었다. 몇 년에 한 번 있을까 말까 한 일이다. 따라서 이 청부를 제대로 수행하기 위해 그들을 한데 모아 청부의 세부 사항을 조율할 필요가 있었다.

그래서 모은 살수들이니 굳이 적월과 얼굴을 대면할 이유는 없었다.

적월은 단지 어둠 속에서 청부가 약속되는 것만 확인하면 그뿐이었다. 물론 주불이 청부업자들을 어찌 다루는지도 궁금하기는 했다.

"그럼 제가?"

"그렇게 해. 난 여기서 지켜보지."

적월이 귀찮은 표정으로 말했다.

"알겠습니다. 그럼 제가 그들과 일을 논의하겠습니다."

주불이 고개를 숙여 보이고는 다시 사당의 문 밖으로 나갔다.

사당 앞에 나선 주불이 가볍게 손을 들었다.

그러자 세 명의 복면인이 모습을 드러냈다.

그중 두 명은 복면을 쓰고 있었고, 한 명은 챙이 넓은 삿갓에 검은 천으로 눈 아래 얼굴을 가리고 있었다.

"모두 오랜만이오."

세 사람이 모여들자 주불이 입을 열었다.

"이건 규칙에 어긋나는 일이오."

세 명 중 복면을 하고, 검은색으로 사(死) 자 글씨를 새긴 머리띠를 두른 자가 말했다.

차갑고 냉정하며 음울한 목소리다. 복면 안쪽에서 흘러나오는 눈빛 역시 어떤 감정도 느낄 수 없다. 전형적인 살수의 기운을 가진 자였다.

"물론. 나도 알고 있소."

주불이 사내의 말에 수긍했다.

"그럼 특별한 일이겠구려. 청부의 규칙을 어길 만큼."

사내가 다시 물었다.

"그렇소. 어느 때보다 깔끔하게 마무리되어야 하오. 그래서 이렇게 세 분을 모두 모시게 된 것이오. 물론 그에 따라 청부 금액역시 다른 때보다 오 할은 더 지불할 것이오. 또한 언제나처럼이 청부를 거절할 수 있소. 그러니 혹시라도 오늘의 초청이 마음에 들지 않는 분은 지금 떠나주시오. 물론… 그분과는 이후 다시 인연을 맺을 일은 없을 것이오."

주불이 조곤조곤 말하면서도 단호한 주문을 했다.

그러자 세 사람의 눈빛이 잠시 흔들렸다.

지난 몇 년간 그들은 주불에게서 주기적으로 청부를 받아왔다.

그중에는 쉬운 청부도 있었고, 어려운 청부도 간혹 있었다.

그러나 어떤 청부도 뒤끝은 없었다.

청부로 인해 누군가의 추적을 받은 일도 없고, 청부자인 주불로부터 대금 지급이 미뤄진 적도 없었다.

청부대금 역시 다른 어떤 청부들보다도 후했다.

그래서 살수들에게 주불은 놓치기 힘든 고객이었다.

"난 그간 주 대인께서 보여준 신용을 생각해서 이곳에 온 것이오. 그리고 일단 이곳에 온 이상 이 청부 역시 수락한다는 뜻이오."

다른 복면인이 말했다.

그러자 앞서 살수의 규칙을 들먹였던 복면인도 조금 수그러진 목소리로 말했다.

"나 역시 청부를 거절할 생각은 없소. 단지 이 일이 살수계의 관례를 깨는 것이라 노파심에 말씀드린 것뿐이오."

두 복면인이 청부에서 빠질 생각이 없음을 밝히자 주불의 시선이 큰 갓을 쓴 자에게로 향했다.

"천살께서는……?"

"다시 한번 관례를 어기시는구려."

주불의 물음에 큰 갓을 쓴 자가 음울하게 말했다.

"아, 내가 그만 실수를……"

주불이 평소와 다르게 정말 당황한 표정을 지었다.

본래 살수들은 서로의 정체를 알고 있다 해도 상대의 이름을 입에 올리지 않는 법이다.

그런데 주불이 다른 살문의 살수들이 모여 있는 곳에서 사내의 별호를 말한 것이다.

사내의 별호는 천살객, 이름은 무원으로 알려져 있었다.

그의 얼굴을 아는 사람은 강호에서 열 손가락에 꼽히지만, 그의 별호와 이름을 모르는 사람은 거의 없었다.

그만큼 살수로서는 천하제일을 다투는 인물이었다.

특히 세력을 형성하지 않고 혼자 모든 청부를 행하는 것으로 유명했다.

혼자 활동하므로 당연히 청부의 성격도 한정되어 있었다.

오직 한 명, 하나의 청부에 하나의 목숨만 청부받는다.

물론 그 한 사람을 죽이기 위해 여러 명을 죽이는 경우가 허다하니 그 규칙은 유명무실한 것이지만.

어쨌든 그의 손에 죽은 자가 근 일천에 이른다 하여 언제부턴가 그는 천살객으로 불리고 있었다.

그런 인물이므로 주불 역시 그에게만큼은 조심하는 기색이 역력했다.

"같은 실수를 반복하면 그건 상대를 존중하지 않는 것이 되오."

천살객이 냉랭하게 말했다.

"알고 있소. 내 실수를 인정하리다. 하지만 앞뒤가 바뀌기는 했어도 오늘 이 일에 참여하신 세 분께서는 서로 통성명은 하셔야 할 듯한데… 일이 깔끔하게 진행되려면 적어도 서로의 신분 정도는 알아야 할 것 아니겠소? 계획을 세우기도 수월하고. 또 만약을 위해……"

주불이 말했다.

서로의 정체를 모르는 상태로 일이 진행되면 약속이 깨지기 십상이다.

각자의 이득을 위해 정체를 모르는 자와의 약속 따위는 쉽게 깰 수 있기 때문이었다.

서로 정체를 알게 되면 약속을 어길 경우 후환이 있을 것이므로 계획대로 일이 진행될 확률이 높았다.

물론 이 역시 살수들 입장에서는 곤란한 요구이긴 했다.

그러나 예상외로 일은 쉽게 풀렸다. 그리고 그건 주불이 무심코 한 실수 덕분이었다.

"천살께서 신분을 드러내셨는데 우리라고 신분을 감추고 있을 이유는 없소. 만나서 반갑소. 조관이오."

조관, 역시 살수계에선 제법 이름이 알려진 인물이다.

물론 그가 이끄는 살수 조직이 크지 않고, 큰 청부보다는 중간 크기의 청부를 행하는 인물이라 명성이 천살객 무원만큼은 아니다.

하지만 강호의 소식에 밝은 사람이라면 그의 실력에 대해서는 언제든 고개를 끄덕일 정도의 인물이었다.

별호는 혈수, 그를 포함해 의형제라 불리는 다섯 명의 살수가 함께 움직였다.

"역시 혈수셨구려. 짐작은 하고 있었지만 설마설마했소이다. 두 분께서 신분을 밝히셨으니 나 역시 감추고만 있을 수는 없겠구려. 물론… 이놈을 보고 짐작은 하셨겠지만. 난 사령문의 맹확이오."

머리에 사(死) 글씨가 새겨진 띠를 두르고 있던 복면인이 글씨를 손가락으로 가리키며 말했다.

혈수 조관과 천살객 무원은 이미 그의 신분을 짐작하고 있었던 듯 놀라거나 동요하는 빛을 보이지 않았다.

그의 말대로 머리띠에 새겨진 글이 그의 신분을 말해주고 있었기 때문이다.

사령문은 오늘 이곳에 모인 살수들 중 그나마 강호에서 살수문으로 널리 알려진 청부문이다.

그들은 서른 명의 사령객을 운용했는데, 그 한 명, 한 명이 일류 경지에 이른 자들이었다.

그래서 삼사 년에 한 번은 강호를 들썩이게 할 큰 청부를 해내곤 하는 사령문이었다.

"사령문까지. 주 대인, 대체 우리에게 맡길 일이 무엇이오?"

천살객에 사령문, 그리고 자신까지. 대체 얼마나 대단한 청부를 하려는지 궁금하다는 듯 혈수 조관이 주불에게 물었다.

그러나 주불이 잠시 침묵을 지키다가 입을 열었다.

"내 청부의 규칙은 알고 있을 것이오."

"물론이오. 이유는 묻지 않는다. 원 청부자 역시 묻지 않는다. 청부를 거절하려면 청부의 내용을 알기 전 떠나라. 이것 아니오?"

혈수 조관이 말했다.

"고맙게도 잘 기억하고 계시는구려. 자, 마지막 기회요. 오늘의 일이 불편한 분은 지금 떠나시구려."

주불이 세 사람에게 마지막 기회를 주었다.

그러나 셋 중 누구도 떠날 사람은 없었다.

일단 자신의 신분을 밝힌 이상, 청부가 두려워 몸을 뺐다는 소문이 강호에 퍼지는 것은 살수로서 치명적인 약점이 될 것이기 때문이었다.

"어디요?"

떠날 사람이 없다는 걸 확인하듯 천살객 무원이 물었다.

그러자 주불이 나직하게 대답했다.

"낙양 남문 밖 현학원… 그곳을 세상에서 지워주시면 되오. 기간은 삼 일. 가능하면 현학원주 대학사 사방유를 사로잡았으면 하오. 하지만 도주의 우려가 있다면 죽이는 편이 좋소."

"음……"

"현학원이라……."

혈수 조관과 사령문주 맹확이 당황한 듯한 목소리를 흘려냈다.

그도 그럴 것이 청부의 대상이 너무 의외기 때문이었다.

이곳에 모인 세 사람은 모두 낙양 현학원을 알고 있다. 낙양 인근에서 현학원을 모르는 사람은 없다.

대학사 사방유가 만든 현학원은 백여 명에 이르는 학사들이 모여 학문을 연마하는 곳으로, 사람들의 존중을 받았다.

현학원은 외부인에게 글을 가르치는 곳이 아니었다.

종종 글을 배우러 현학원을 찾는 젊은 학사들이 있었지만, 현학원은 정중하게 그들을 돌려보냈다.

이유는 간단했다.

그들은 글을 가르치는 사람이 아니라, 고금의 학문을 스스로 참구하고 깨우치는 사람들임을 자처했기 때문이다.

어찌 보면 수도승 같은 삶이었다.

그런데 그런 점이 오히려 사람들의 존경을 더하게 만들었다.

보통 학사랍시고 사람들을 끌어모아 글을 가르치며 재물을 탐하는 자들이 적지 않았다.

특히 조금이라도 학문으로 명성을 얻은 자라면 더더욱 그 학문을 이용해 부를 축적하려는 것이 세상의 인심이었다.

그 와중에 오직 학문 탐구만을 목적으로 하는 현학원의 존재는 당연히 모든 사람들에게 특별해 보였다.

그런데 그 현학원을 쓸어버리라니.

더군다나 건물 몇 개 불태우는 것이 아니라 사방유까지 죽이라는 청부다.

살수들이 이유를 불문하고 청부를 받기는 하지만 확실히 이 청부는 특별한 것이었다.

당연히 그 이유가 궁금할 수밖에 없었다.

그러나 세 명의 살수 모두 주불에게 이유를 묻지 못했다. 그들이 언급한 살수의 규칙, 청부의 규칙에 어긋나기 때문이었다.

"후우… 정말 은밀하게 해내야 할 것 같구려."

혈수 조관이 나직하게 한숨을 쉬며 말했다.

미리 알았다면 청부를 거절했을 것이란 느낌이 드는 말투다.

만약 현학원을 전멸시키고 그 정체가 드러난다면 무림 공적으로 몰릴 가능성도 있었다.

그만큼 현학원은 껄끄러운 대상이었다.

"원 청부자를 알 수는 없겠소?"

일문의 살수를 이끄는 자는 책임이 무겁다.

그건 살수문이라 해도 마찬가지. 자신이 책임진 살수들의 안위를 걱정해야 하므로 사령문의 살수 맹확은 살수의 규칙을 이기면서까지 어렵게 물었다.

본래 주불은 그가 관리하는 청부업자들에게 중개인으로 알려져 있었다.

원 청부자가 있고, 그들의 청부를 받아 다시 살수문에 청부를 넣는 사람. 원 청부자들이 철저히 신분을 감추기 위한 방편으로 중개인을 써서 청부를 넣는 것은 오랜 강호의 전통이었다.

당연히 중개인은 원 청부자의 신분을 철저히 비밀로 지켜내야 한다. 목에 칼이 들어와도 지켜야 하는 약속이다.

그런 면에서 지금 사령문주 맹확이 한 질문은 주불에게 무척 무례한 질문이었다.

"강호의 규칙을 아시지 않소?"

주불이 냉랭하게 반문했다.

"음… 그렇기는 하지만……."

맹확이 말꼬리를 흐렸다.

그 역시 혈수 조관과 마찬가지로 현학원을 공격하는 일이 불편한 모양이었다.

"거래는 이미 성립되었소. 세 분은 함께 계획을 세워 삼 일 후 현학원이 세상에 존재하지 않게 해주시오."

주불이 냉정하게 말하며 가볍게 한 손을 들었다.

그러자 사당 안에서 세 사람이 목함을 하나씩 들고 나왔다.

쿵쿵쿵!

세 개의 목함이 세 살수 앞에 놓였다.

덜컹!

목함을 들고 나온 사내들이 거침없이 목함을 열었다.

그러자 목함 안에 가득 찬 은병들이 달빛을 받아 눈부시게 번쩍였다.

"선금이오. 언제나 그렇듯이 잔금은 일이 끝나면 그때!"

주불이 짧게 말했다.

그때 문득 갓을 쓴 일인살수 천살객이 물었다.

"만약 지금 이 청부를 거절하면 어쩌시겠소? 정말 우릴 죽일 것이오?"

질문은 하지만 딱히 거절할 것 같은 분위기는 아니다.

하지만 이 질문이 무척 대담한 것은 분명했다. 또한 청부의 중재자로서는 대답하기 어려운 질문이기도 했다.

하지만 주불은 한순간도 망설이지 않았다.

"당연히 입을 막을 것이오."

너무 확고한 대답에 오히려 세 명의 살수들이 움찔했다.

그런데 그 순간 갑자기 사당 안에서 한 줄기 빛이 뻗어 나왔다.

번쩍!

삭!

"흡!"

빛줄기가 주불 등 네 사람 사이를 뚫고 지나가는 순간 천살객 무원의 입에서 다급한 헛바람 소리가 흘러 나왔다.

그리고 그가 쓰고 있던 넓은 갓의 한 부분이 낙엽처럼 땅으로 떨어져 내렸다.

"음……."

재차 무원의 입에서 침음성이 흘러나왔다.

자신이 공격당했다는 분노보다도, 자신이 이 기습적인 공격을 피하지 못했다는 사실이 경악스러운 듯 보였다.

그래서 자연스럽게 그의 시선이 사당 안으로 향했다.

다른 두 살수의 시선 역시 마찬가지였다.

그 순간 사당에서 조금 지루한 듯한 음성이 흘러나왔다.

"주 대인, 다시 생각해 보시오."

"무슨 말씀이신지……?"

적월의 갑작스러운 행동은 주불 역시 예상치 못한 것이었다.

그의 눈빛과 목소리에도 당혹감이 묻어났다.

그는 솔직히 적월이 왜 이런 갑작스러운 행동을 했는지조차 의문이었다.

무원이 청부에서 빠질 경우 일어날 일에 대해 묻기는 했으나, 누가 봐도 그가 이 일에서 빠질 사람은 아니었다.

그런데 갑자기 적월이 무원을 공격한 것이다. 아니, 정확히는 경고를 한 것이라고 봐야 했다.

그리고 그 경고의 초식, 한 줄기 빛처럼 뻗어 나와 무원의 갓을 베어버린 초식은 적월의 실력을 들어 알고 있는 주불조차도 경악시키는 강력한 것이었다.

"모두 죽여 버리고 다시 일을 시작하자는 말이오."

"…신… 대인, 그것은……."

주불의 입에서 신마령주라는 말이 흘러나오려다 급히 목 안으로 들어갔다.

적월이 한 말에 너무 놀라 자칫 적월의 정체를 밝힐 뻔한 것이다.

"그자들의 태도를 보니 일을 맡겨도 성공할 것 같지 않소. 말들이 너무 많아. 불만도 많아 보이고. 그래서야 일이 제대로 되겠소? 그런데 그자들이 이 계획을 들었단 말이야. 그럼 당연히 죽여야지."

"대인… 잠시만 고정을……."

주불이 마치 자신이 죽임을 당할 것처럼 당황했다.

"살수란 일은 맡으면 말없이 그 일을 끝내면 그만. 못하면 죽고 성공하면 큰 재물을 만지는 것이지. 뭐, 이러쿵저러쿵 말이 많아."

"대인, 이 일이 워낙 특별해서 그런 것이니 고정하십시오. 더이상 대인의 심기를 불편하게 하는 일은 없을 겁니다. 그렇지 않소?"

주불이 재빨리 세 명의 살수를 보며 물었다.

그러면서 그가 평소답지 않게 계속해서 눈짓을 해 자신의 말에 따르기를 재촉했다.

그러자 사령문의 문주 맹확이 얼른 입을 열었다.

"물론이오. 이 청부는 이미 수락한 것이오. 한 치의 오차도 없이 시행될 것이오. 본 문 홀로 나서더라도 말이오."

"사령문 홀로 가는 일은 없을 거요. 나 역시 약속한 청부를 깨본 적이 없소."

혈수 조관도 급히 입을 열었다.

그러자 갓이 잘려 나가 수치심과 두려움이 뒤섞인 얼굴을 하고 있던 천살객 무원이 무겁게 입을 열었다.

"괜한 말을 꺼내 오해를 일으킨 점 사과하겠소. 나 역시 한번 받은 청부를 물린 적이 없소."

그렇게 세 명의 살수가 일제히 청부의 완벽한 이행을 약속하자 주불이 재빨리 사당 안을 보며 말했다.

"대인, 이렇게 말들을 하니……."

"…알았소. 주 대인의 이름을 믿고 한 번 더 맡겨보겠소."

"고맙습니다. 대인!"

주불이 본능적으로 사당 안에 있는 적월을 향해 허리를 굽혀 보였다.

그의 앞에 서 있는 세 명의 살수는 주 대인이라는 이 청부 중개자가 이렇게 비굴할 수도 있는 사람이라는 것을 믿을 수 없다는 듯, 당황스러운 시선으로 주불의 행동을 바라보고 있었다.

주불과 살수들이 사당을 벗어난 것은 자정이 넘은 이후였다.

그들은 더 이상 청부의 수행 여부에 대해선 언급하지 않았다. 대신 그들은 현학원을 어떻게 소리 소문 없이 세상에서 지워 버릴지에 대해 무척 세세한 계획을 세웠다.

주불은 그런 그들에게 한 가지 주의를 주었다.

현학원의 학사들이 학사 이상의 존재일 것을 가정하라는 것이었다.

학사를 가장한 무인일 수도 있다는 말에 노련한 살수들인 세 사람 역시 긴장한 표정이 역력했다.

하지만 어쨌든 그들은 청부를 완벽하게 끝내야 한다는 것을 알고 있었다.

만약 실수를 했다가는 무원의 삿갓을 베어낸 사당 안의 사내가 자신들에게 반드시 책임을 물을 것이란 걸 직감했기 때문이다.

"모두 떠났습니다. 이제 어찌할까요?"

주불이 살수들이 떠나자 두려운 얼굴로 적월에게 물었다.

적월은 살수들이 떠날 때까지 사당 안에 그대로 머물러 있었다. 살수들에게 최대한 압박감을 주기 위해서였다.

이 일은 적월에게도 무척 중요한 일이었다.

밀천 운중학 곤을 움직이게 만들 수 있는 일이기 때문이었다.

"인근에서 지켜보겠다."

적월이 주불의 말에 대답했다.

"어차피 세 사람이 나섰으니 현학원은 몰살당할 것입니다. 맹으로 돌아가심이, 혹시라도 누군가의 눈에 띌 수도……."

주불이 굳이 이곳에 남아 있을 필요가 있느냐는 듯 되물었다.

혹여라도 무림인들에게 마맹의 사람들이 눈에 띄어, 현학원의 혈사 뒤에 마맹이 있다는 것이 세상에 알려질 것을 두려워했기 때문이다.

"괜찮아. 마해밀도가 아닌가. 세상의 눈을 걱정해 할 일을 하지 못하면 그런 마해밀도는 필요치 않다."

적월이 단호하게 말했다.

그러자 주불이 당황한 표정으로 대답했다.

"알겠습니다. 모시겠습니다."

"아니. 그대는 복귀하라. 이제부터 안내는 홍가군 그대에게 맡긴다."

적월의 말에 홍가군이 갑작스러운 명에 당황하면서도 얼른 대답했다.

"알겠습니다. 모시겠습니다."

어찌 보면 당연한 일이다.

낙양은 마해오객 중 홍가군의 영역이기 때문이다.

하지만 그 당연한 명이 주불에게는 불만인 듯 보였다. 적어도 마해밀도가 움직이는 살수들의 일은 자신이 관리해야 한다고 생각하는 듯 보였다.

하지만 그렇다고 적월의 명에 반발할 수도 없었다.

"알겠습니다. 그럼 전 맹으로 돌아가겠습니다."

"무림에 미묘한 흐름이 일어날 거야. 남궁세가, 만무회, 그리고 신화밀교의 낙양 신터… 이 세 곳은 사실 생각보다 무림에 의미가 큰 곳이다. 그러니 서둘러 맹으로 돌아가 이후의 무림 흐름을 자세히 살펴라. 특히… 무림오선의 움직임에 주목해."

적월이 다른 때와 달리 세세하게 명을 내렸다.

그러자 주불의 표정이 조금 편해졌다.

적월이 자신을 돌려보내는 것이 자신에 대한 불만이 아니라, 좀 더 중요한 일을 맡기려는 의도라고 판단한 모양이었다.

"명대로 따르겠습니다."

주불이 공손하게 대답했다.

*   *   *

문사건을 쓴 노인이 사방으로 열린 창을 통해 들어오는 가을 밤바람을 즐기고 있었다.

보통 사람이면 차다고 느낄 바람이다.

가을이 깊어 더 이상 날벌레의 침입을 걱정할 필요도 없었다.

그럼에도 불구하고 여름내 피웠던 향은 여전히 노인의 방을 떠돌고 있었다.

물론 사방으로 열린 창으로 밀려드는 가을 밤바람으로 인해 향의 농도는 무척 옅었다.

"후우… 천하의 흐름이 맑지 않구나."

바람을 즐기던 노인이 깊게 한숨을 내쉬었다.

모습으로만 보면 천하의 안위를 걱정하는 대현자(大賢者)의 모습이다.

슥!

천하의 안위를 걱정하던 노학사가 서탁 위에서 가볍게 한 장의 서신을 집어 들었다.

집(集)!

서신에는 오직 한 자의 글씨만 쓰여 있었다.

하지만 그 글을 보는 노인의 눈빛은 흔들리고 있었다.

"일선께서 칠선을 한데 모으신 것이 오 년 만인가?"

노인이 중얼거렸다.

노인의 이름은 사방유, 세상에는 낙양의 대학사로 알려져 있었고, 세상이 모르는 그의 비밀스러운 신분은 신화밀교의 일곱 큰 스승 중 한 명인 칠선이었다.

세상에 철저히 가려진 신화밀교 조직에서 최정점에 올라 있는 인물, 그런 그에게 명을 내릴 수 있는 사람은 천하에 오직 한 명뿐이다.

일선, 신화밀교를 만들고 수십 년 동안 수를 가늠할 수 없는 교도들을 움직이면서도 세상에는 철저히 가려진 이 거대한 조직의 존재를 가능하게 한 인물이었다.

세상은 그를 그의 또 다른 신분인 운중학 곤으로 부른다.

무림오선의 일인이며, 강호제일의 현자라는 그가 오직 사방유에게 명을 내릴 수 있는 단 한 사람이었다.

물론 그런 그조차도 운중학 곤에게 그가 모르는 또 다른 신분이 있다는 것을 알지 못했다.

"출도인가, 아니면 더 깊은 은거인가."

사방유가 나직하게 중얼거렸다.

그런 그의 얼굴에 흐릿하나마 흥분의 기색이 보인다.

그가 아는 신화밀교의 힘은 강력했다.

그조차 정확히 알지 못하는 교도 숫자는 일만은 족히 넘을 것이다.

그중 도검을 쓸 수 있는 인물이 오 할… 무림에서 오천이 넘는 무인을 거느린 문파는 없다.

물론 무림맹이나 다시 부활한 마맹의 모든 무인을 모으면 쉽게 오천 이상의 무인을 동원할 수 있지만, 적어도 한 문파의 이름으로 오천의 무인을 모을 수 있는 곳은 없었다.

그렇게 보면 신화밀교는 강호에서 가장 강대한 세력을 지닌 곳이었다.

그럼에도 신화밀교는 철저히 세상의 어둠 속에 존재했다.

강호의 패권이 목표가 아닌, 생존과 교리의 탐구가 목적인 곳이기 때문이었다.

물론, 적어도 사방유 정도 되는 인물이라면 결코 그것만이 목적이 아니라는 것을 알고 있었지만.

하지만 그도 일선이 신화밀교를 만든 정확한 목적이 무엇이고, 그 모르게 세상 곳곳에 퍼져 있는 신화밀교 교인들, 정확하게는 일곱 명의 큰 스승들이 어떤 일을 하고 있는지 알지 못했다.

칠선은 모두 큰 스승으로 불리지만 서로의 정체를 정확히 알지 못할 뿐 아니라, 수십 년 신화밀교 역사에서 한 곳에 모인 적이 다섯 손가락으로 꼽을 만큼 적었다.

그리고 그 모임에서조차 칠선의 정체는 서로에게 비밀이었다.

물론 시간이 흐르면서 어느 정도 서로의 정체를 짐작하고 있기는 했다. 그러나 적어도 공식적으로 칠선이 서로의 신분을 밝힌 적은 없었다.

그런데 오늘 그에게 칠선의 회합을 명하는 일선의 서찰이 도착했다.

"합비 신터가 불탔을 때도 없었던 회합인데……."

사방유가 중얼거렸다.

그의 말대로 일 년여 전 중요도로는 열 손가락 안에 꼽을 수 있는 합비 신터가 정체를 알 수 없는 적에 의해 불탔을 때도 일선은 큰 스승들의 회합을 갖지 않았다.

그런데 천하는 혼란하지만 적어도 신화밀교만큼은 조용한 시절을 보내고 있는 이때 칠선의 회합을 갖는다는 것은 일선이 신화밀교의 향후 행보에 대해 특별한 결정을 했다는 의미였다.

"교의 힘이 전례 없이 강하고, 천하가 어지러우니 이때 강호에 나가 본 교의 위세를 떨치는 것도 나쁜 것은 아닌데……."

혹시라도 일선이 좀 더 깊은 은거를 결정할까 걱정하는 기색이 역력한 사방유다.

세상에 알려진 것과 달리 그의 마음에 세상을 향한 야망이 불타고 있음이 드러나는 모습이었다.

"아무튼… 일선의 결정에 따를 수밖에……."

사방유가 다시 중얼거렸다.

그 어떤 경우라도 일선의 결정을 거스를 수 없다는 것은 그 자신이 잘 알고 있었다.

세상이 알고 있는 운중학 곤은 그의 진실한 면모에 삼 할도 되지 않았다.

칠선 사방유는 운중한 곤이 세상에서 가장 무서운 인물이란 것을 누구보다 잘 알고 있었다.

그래서 일단 그가 결정을 한 일이라면 어쨌든 따를 수밖에 없었다.

"일단 만나 뵙고……."

사방유가 자신이 받은 서신을 곱게 접어 품속에 넣으며 중얼거렸다.

그런데 그때였다.

갑자기 그의 눈빛이 변했다.

품속에 들어간 손은 밖으로 나오지 않고 그대로다.

그가 고개를 문 쪽으로 향하며 누군가를 불렀다.

"전관!"

문이 열리고 중년의 학사가 조심스럽게 안으로 들어왔다.

"찾으셨습니까?"

사내의 이름은 전관, 사방유의 현학원에서 그를 따르는 일백여 명의 학사들 중 우두머리에 해당하는 인물이다.

사람들은 그를 사방유의 대제자로 알고 있지만, 그의 또 다른 신분은 현학원에 기거하는 신화밀교 목인, 교도들이 스승으로 부르는 인물 중 하나였다.

"별일 없나?"

방 안으로 한 걸음 들어선 전관을 보며 사방유가 물었다.

"특별한 일은 없습니다만……."

"이상하군."

"무엇이 잘못되었는지요?"

전관이 조심스럽게 물었다.

적어도 그에게 사방유는 정말 천하의 존경을 받는 대학사 그 이상의 인물이었다.

오직 전관만이 사방유의 진실한 신분, 그가 신화밀교의 신비로운 일곱 큰 스승 중 한 명이라는 사실을 알고 있었다.

현학원에는 전관 말고도 네 명의 목인이 더 있었지만, 그들조차도 사방유가 신화밀교의 큰 스승이라는 사실은 알지 못했다.

신화밀교의 교인들에게 큰 스승이란 그렇게 신비로운 존재인 것이다.

당연히 그 신분을 알고 있는 전관으로서는 다른 누구보다 사방유를 대하는 것이 조심스러울 수밖에 없었다.

"공기가 달라."

사방유가 알 수 없는 말을 했다.

"예?"

"살기가 있다."

"살기라니 그게 무슨……."

전관이 되묻는 그 순간 갑자기 사방유가 자리를 박차고 일어났다.

"살수다! 누군가 본 원을 공격했어. 모든 학인을 깨우고 대비하라."

사방유의 명이 벼락같다.

전관으로서는 당혹스러운 일이 아닐 수 없었다.

그의 눈과 귀 어느 하나 외부의 침입을 읽어내지 못하고 있었다.

하지만 명령을 내린 사람이 누군가. 칠선 사방유다.

깊이를 알 수 없는 지혜와 무공을 지닌 교의 큰 스승이다. 결코 이의를 달 수 없는 명령이었다.

"알겠습니다."

적의 실체를 보거나 느끼지 못했지만 전관은 큰 스승 사방유의 능력을 무조건 믿었다. 그래서 그의 반응은 느리지 않았다.

전관이 그대로 자리를 박차고 사방유의 방을 벗어났다.

"참 이상한 일이지? 본 교가 노출된 적이 없었던 것 같은데……."

사방유가 고개를 갸웃하며 한쪽 벽으로 다가가 벽을 가볍게 눌렀다.

드드륵!

사방유의 손이 닿은 벽이 옆으로 밀려났다.

그러자 사방유가 그 안에서 비도가 빼곡하게 꽂힌 가죽 요대를 꺼냈다.

"참으로 오랜만이구나. 이 녀석들을 가지고 논 지……."

사방유가 요대를 허리에 두르며 중얼거렸다.

파파팟!

분명 수십 명이 담을 넘은 것 같은데 소리가 없었다.

이유는 간단했다. 담을 넘은 자들이 살수기 때문이다.

사령문의 살수 스무 명, 혈수 조관과 그의 네 의형제들, 그들은 현학원의 담을 넘으면서부터 살초를 뿜어댔다.

천살객 무원은 모습을 드러내지 않았다.

파파팟!

담을 넘는 순간부터 살수들의 독초가 어둠을 갈랐다.

살수는 병기를 가리지 않는다.

독이 발린 암기에서부터, 길이가 짧은 철궁까지. 모든 병기가 동원됐다.

그래서 현학원의 담을 넘은 순간부터 일각여 사이 현학원의 학사와 식솔 이십여 명이 누구에게 죽는지도 모르고 죽었다.

일부는 일찍 잠자리에서 들었다가, 또 일부는 호롱불 아래 서책을 읽다가, 그것도 아닌 자는 저녁 식사 후 설거지를 하고 있다가 갑자기 날아든 험악한 병기들에게 속절없이 목숨을 잃었다.

시작이 너무 쉬웠다.

두 무리의 살수들을 막아서는 자들은 없었다. 막아서기는커녕 제대로 방어하는 자들조차 없었다.

그래서 혈수 조관과 사령문주 맹확은 일각여가 지나자 의구심을 품지 않을 수 없었다.

"주 대인의 청부가… 잘못된 것 아니오?"

어깨를 나란히 하고 달리면서 맹확이 조관에게 물었다.

"음… 나도 잘 모르겠소. 분명 뭔가 숨겨진 곳이라 생각했는데 이렇게 쉽다니. 대체 왜 이런 곳을……."

조관도 혼란스러운 표정이었다.

비록 청부를 업으로 삼고 있지만 반항도 못 하는 학인들을 죽이는 일은 찜찜했다.

그나마 청부자의 말에서 이 현학원 학사들이 무공을 숨긴 자들일 수도 있다는 말을 들어 부담을 덜었었는데, 지금으로 봐서는 그 말이 과연 정말인지 의심스러웠다.

"이것 참… 이런 청부라니……."

사령문주 맹확이 불만스럽게 말했다.

"어쩌겠소. 어차피 시작했으니 이제 와서 그만둘 수도 없고… 애초에 사람 목숨 끊고 사는 게 직업이니 천당 가긴 그른 팔자들 아니오."

조관이 씁쓸하게 말했다.

"하긴 그렇구려. 이런저런 사연 따라 청부 일을 받은 것은 아니니까."

맹확도 고개를 끄떡였다.

그런데 그런 그들의 불편함은 한순간 사라졌다.

무공도 모르는 학인을 죽인다는 불편한 마음 대신, 이 일이 결코 간단한 일이 아니라는 경계심으로 머리카락이 솟구치는 일이 벌어진 것이다.

제2장
칠선 사방유

쐐액!

세 자루의 비도가 어두운 허공을 갈랐다.

순간 세 명의 목숨이 사라졌다.

"쿡!"

세 사람이 쓰러졌지만 하나의 신음 소리만 난 것은 다른 두 사람은 아예 소리를 낼 기회조차 없었기 때문이다.

밤하늘을 빛처럼 날아온 비도들은 가장 선두에서 현학원의 식솔들을 향해 살검을 뿌려대던 사령문의 살수 세 명의 얼굴에 박혔다.

목, 이마, 그리고 관자놀이… 비도가 꽂힌 곳은 각기 달랐지만, 비도에 맞은 자들이 죽었다는 사실은 같았다.

그중 이마에 비도를 맞은 자만이 신음 소리라도 낼 수 있었다.

쿠쿵!

신음 소리는 없었지만 그들이 고목처럼 쓰러지는 소리는 제법 컸다.

순간 단 한 번의 반발도 없이 현학원을 접수해 가던 살수들의 움직임이 멎었다.

"웬 놈이냐?"

동료의 죽음에 놀란 사령문의 살수 한 명이 비도가 날아온 어두운 반대편을 보며 외쳤다.

"네놈들이야말로 어디서 온 놈들이냐?"

유학을 탐구하는 학사의 입에서 나오기에는 지나치게 살기가 충만한 목소리가 어둠 속에서 흘러나왔다.

뒤를 이어 다섯 사람의 중년 사내들이 손에 검을 들고 장내로 뛰어들었다.

중년의 다섯 학사는 비도를 쓰지 않았다.

하지만 그들의 검은 앞서의 비도만큼이나 빨랐다.

파파팟!

"욱!"

"크윽!"

이번에는 명확한 비명 소리가 터져 나오며 다시 살수 두 명이 죽었다.

검을 휘둘러 사령문의 살수를 벤 중년 사내들 중 한 명이 침착하게 외쳤다.

"놈들의 숫자가 많지 않다. 원의 문을 폐쇄하고 놈들의 퇴로를 차단하라. 단 한 놈도 살려 보내지 않는다."

중년 사내의 말이 끝나는 순간 어둠 속에서 보이지 않는 움직임이 느껴졌다.

"검을 쓰지 않는 형제들은 물러나라."

다시 중년 사내의 명이 떨어졌다.

그러자 살수들 손에 죽어가던 현학원의 식솔들 대부분이 장내를 떠나려 했다.

순간 사령문의 문주 맹확이 차갑게 외쳤다.

"뭣들 하느냐? 할 일을 잊었느냐? 한 명도 살아 있으면 안 돼!"

맹확의 냉혹한 경고가 흘러나오자, 살수들이 정신을 차리고 다시 현학원의 식솔들을 향해 살수를 뿌리기 시작했다.

파파팟!

"악!"

살수들의 냉혹한 손속에 다시 몇 사람이 쓰러졌다.

"흉적들을 모두 베라!"

중년 사내가 맹확의 명에 맞대응해 차갑게 명을 내렸다.

그러자 사방에서 칼을 든 학사들이 장내로 달려들기 시작했다.

"흐흐… 이거 주 대인의 말이 사실이었구려."

살수 몇이 죽고 일이 조금 어렵게 변했지만, 오히려 기분이 좋아진 음성으로 혈수 조관이 말했다.

"그렇구려. 이런 곳이었다면 거리낄 것 없겠소. 모두 투입합시다."

"좋소이다."

혈수 조관이 맹확의 말에 동의했다.

팟!

순간 맹확의 손에서 한 줄기 불꽃이 일어났다.

불꽃은 그의 머리 위 십여 장 높이로 치솟았다.

그러자 북쪽에서 일단의 무리들이 재차 현학원의 담장을 넘어 장내로 밀려 들어왔다.

새로운 살수들이 닥쳐들자 앞서 침입해 있던 살수들을 포위하려던 학사들의 진형이 허물어졌다.

배후에서 적을 맞은 학사들 몇몇이 쓰러지고 남은 자들은 자연스럽게 다섯 명의 중년 학사들이 있는 곳으로 밀려났다.

"저놈들을 제거하면 일이 끝날 것 같구려."

조관이 학사들의 중심에 서 있는 다섯 학사를 보며 말했다.

"그런 것 같소."

맹확이 고개를 끄떡였다.

"문제는 사방유인데."

조관이 현학원의 깊은 안쪽을 바라보며 말했다.

뭐니 뭐니 해도 이번 청부의 최종 목표는 대학사 사방유다. 이미 현학원 학사들의 무공을 본 이상 그가 평범한 학사가 아니라는 사실은 의심의 여지가 없었다.

또한 적어도 지금 나선 학사들보다는 무공이 월등할 것이다.

그런 자가 싸움에 관여하면 일이 쉽게 끝나지 않을 수 있다.

"천살객이 있지 않소."

"그렇긴 하지만."

"천살객이 설사 그를 죽이지 못한다 해도, 이각 정도 시간을

벌어주면 일은 우리의 의도대로 끝날 것이오. 일단 서둘러 저자
들이나 사냥합시다."

"좋소이다. 갑시다!"

조관이 맹확의 말에 동의하고 자신이 먼저 다섯 명의 중년 학
사들을 향해 몸을 날렸다.

혈수 조관과 그의 의형제 중 둘, 그리고 맹확과 그를 가까이서
따르는 사령문의 절정살수 둘, 그렇게 여섯 명의 살수들이 다섯
명의 중년 사내들을 일거에 덮쳤다.

마치 독수리가 들쥐를 덮치듯 거친 공격이다.

그런데 놀라운 일이 일어났다.

다섯 명의 현학원 학사들이 이들 절정살수 여섯 명의 공격을
받고도 한 사람도 죽지 않은 것이다.

물론 뒤로 물러나기는 했지만 그들은 놀라운 무공을 드러내
며 절정살수들을 맞아 대등한 싸움을 시작했다.

"이놈들 봐라?"

사령문의 문주 맹확이 오히려 당황한 듯 보였다.

적어도 자신의 검에 한 명의 학사는 죽을 것이라 생각했지만
그의 검은 중년 학사들 중 누구도 죽이지 못했다.

당황하기는 혈수 조관도 마찬가지였다.

그가 공격한 학사 역시 어떻게든 자신의 공격을 막아내고 있
었다.

"방심할 수 없는 놈들이구나."

조관이 입술을 악물며 소리쳤다.

"대체 무슨 이유로 본 원을 공격하는 것이냐?"

조관의 검을 막아낸 중년 학사가 소리쳤다.

앞서 대학사 사방유의 지시를 받고 침입에 대응하러 나온 목인 전관이다.

지금 그와 함께 살수들을 막기 위해 나선 다섯 명의 현학원 학사들은 모두 신화밀교에서 목인, 그러니까 교도들에게는 스승으로 불리는 자들이었다.

이들은 신화밀교에서 중추적인 활동을 하는 자들로서 은색의 칠화엽을 사용한다.

당연히 뛰어난 무공을 지닌 자들일 수밖에 없었다.

"살수가 이유가 있어서 사람을 죽이나."

조관이 퉁명스럽게 대답하며 목인 전관의 목에 칼을 꽂아 넣었다.

순간 전관이 급히 몸을 틀어 조관의 검을 얼굴 앞으로 비껴내며 검을 횡으로 그었다.

팟!

전관의 검이 날카롭게 조관의 옆구리를 베어갔다.

"역시 글이나 읽는 서생의 솜씨가 아니군."

툭!

조관이 가볍게 발을 밀어내 몸을 뒤로 물리며 말했다.

"오히려 우리와 같은 종류의 살수들 같소."

옆에서 다른 목인을 상대하던 맹확이 소리쳤다.

"맞소이다. 바로 그렇구려. 이자들은 살수나 진배없구려."

조관이 맹확의 말에 동의했다.

그러면서 전관을 보며 물었다.

"대체 어느 살문에 속한 자들이냐?"

순간 전관의 안광이 타올랐다.

"감히 살수 따위를 우리와 비교한단 말이냐? 이 벌레 같은 놈들!"

분노와 함께 전관의 검이 매섭게 움직였다.

조관이 현학원을 살문으로 치부하는 말투에 큰 분노를 느낀 것이 분명했다.

다른 사람들의 평가와 상관없이 적어도 신화밀교의 교도들에게 신화밀교는 신성한 교단이었다.

핍박받고, 나락에 떨어진 삶에 한 줄기 구원의 빛을 내려주는 곳이 바로 신화밀교라 믿고 있었기 때문이다.

밀교를 통해 기녀든 백정이든, 혹은 눈앞의 살수들과 같이 삶의 밑바닥을 헤매고 있던 자들이 구원받은 경우가 얼마나 많았던가.

그런 신화밀교를 감히 살수문과 비교를 하니 전관으로서는 분노하지 않을 수 없었다.

그에게는 신화밀교가 단지 천재적인 미치광이의 놀이 도구로 만들어진 것이란 사실은 꿈에도 상상할 수 없는 일이었다.

분노만큼 강력한 검초에 조관도 전관의 공격을 무시하지 못하고 신중하게 검을 움직였다.

차차창!

날카로운 검음이 어두운 하늘 속으로 퍼져 나갔다.

이후는 일진일퇴의 공방전이 이어졌다.

현학원에 머물고 있는 다섯 명 목인의 무공은 놀라워서 강호에서 살수로서는 절정의 경지에 이르렀다는 자들의 공격을 무던히도 견뎌냈다.

그러나 아무리 그들이 예상보다 뛰어난 무공을 가지고 있다해도 사람 죽이는 일을 업(業)으로 삼아온 절정살수들의 공격을 언제까지나 막아낼 수는 없었다.

특히 조관이나 맹확 같은 살수들은 사람을 죽일 수만 있다면 어떤 수단이라도 동원하는 살수들이었다.

그들에게 무도 따위는 사치였다.

그래서 조관의 의형제 중 한 사람이 조관이 상대하고 있던 목인 전관의 등에 기습적으로 칼을 내리꽂는 것 역시 그들에게는 전혀 문제가 되지 않았다.

"헉!"

목인 전관이 갑자기 자신의 등 뒤에 귀신처럼 나타나 자신의 목덜미에 칼을 꽂아 넣는 살수의 움직임에 놀라 헛바람을 토해냈다.

그의 온 정신이 조관에게 향해 있었기 때문에 더욱 위험한 기습이었다.

서걱!

급하게 움직인 덕에 급소는 피했지만 그의 등이 옷자락과 함께 길게 베어져 나갔다.

팟!

깊이 베인 상처에서 피분수가 솟았다.

"이 비겁한 놈들!"

전관의 입에서 경멸 어린 목소리기 튀어나왔다.

그러자 그런 전관을 오히려 조관이 비웃었다.

"어리석은 놈, 강호에서 칼을 들고 싸울 때는 모든 것을 동원해 싸워 이겨야 하는 법이다. 살아남는 놈이 강한 거지. 애초에 칼을 들고서 상대를 죽이려고 싸우는데 무도가 무슨 소리란 말이냐. 그런 순진한 생각을 하고 있는 놈에게는 죽음이 가장 어울리는 선물이지."

팟!

말을 하면서 조관이 비틀거리는 전관의 심장에 검을 찔러 넣었다.

한 치의 망설임도, 한 치의 감정도 느껴지지 않은 매정한 검이다.

큰 부상을 입은 자의 숨통을 끊는 일에 실수가 있을 수 없는 조관이다.

그런 일로 평생을 살아온 살수가 아니던가.

푹!

"큭!"

전관의 입에서 묵직한 신음 소리가 흘러나왔다.

눈을 아래로 내리니 그의 심장을 관통한 조관의 검이 눈에 들어왔다.

죽음이다.

그런데 그 순간 전관의 눈에는 죽음에 대한 공포보다 하나의 의문이 떠올랐다.

"왜… 아직……?"

전관의 눈이 자신의 심장을 찌른 조관이 아닌 등 뒤로 향했다.

그의 시선이 향한 곳은 대학사 사방유의 거처가 있는 곳이다.

그로서는 일이 이렇게 될 때까지 왜 사방유가 모습을 드러내지 않는지 이해할 수 없었다.

전관은 사방유의 진실한 신분을 알고 있는 유일한 학인이었다.

목인이 다섯이나 되지만 다른 네 명은 사방유가 큰 스승 중한 사람이라는 것을 모르고 있었다.

신화밀교에서 큰 스승은 구름 속의 신선들. 그 신선이 자신들과 함께 생활하고 있을 거라고는 누구도 생각할 수 없었다.

그래서 전관은 이 싸움에 임해서도 적이 누구든 크게 걱정하지 않았다. 왜냐하면 그는 신화밀교의 큰 스승들은 당금 무림의 패자들인 구패의 주인들을 능가하는 능력을 가지고 있다고 믿고 있었기 때문이다.

큰 스승이 있는데 살수 무리쯤이야 하는 생각을 하고 있었기에 자신 있게 이 냉혹한 살수들과 정면 대결을 벌인 전관이었다.

그런데 믿음은 의문으로 끝나가고 있었다.

그 의문의 끝은 자신의 죽음이었다.

'왜 큰 스승께서 아직 나타나지 않았을까?'

조관의 검이 그의 심장을 뚫은 뒤 다시 밖으로 빠져나올 때까지 전관이 가진 의문이다.

그리고 전관은 그 의문에 대한 답을 이승에서 듣지 못했다.

퍽!

심장을 뚫린 전관의 목덜미에 조관의 의형제 중 한 명이 다시 검을 꽂아 넣었다.

그것으로 끝이었다.

그 순간 전관의 숨은 끊어졌다.

살수답게 고통스럽지 않고 가장 빠른 방법으로 사람을 죽일 수 있는 방법을 알고 있는 혈수 조관과 그의 의형제들이었다.

전관이 죽자 다시 도륙이 시작됐다.

남은 네 명의 목인들도 이제는 더 이상 힘을 내지 못했다.

그들에게 전관은 사방유 다음가는 믿음의 존재였다. 목인들의 대형, 현학원의 실질적인 운영자가 전관이었다.

무공은 어떤가.

목인들 중에서도 가장 강한 무공을 가진 사람이 전관이었다.

전관의 죽음은 단지 한 사람의 고수가 죽은 것 이상의 타격을 현학원의 학인들에게 주었다.

우두머리를 잃은 군대는 오합지졸에 지나지 않는다. 이후에는 그냥 이리저리 흩어져 사냥당할 일만 남게 마련이었다.

그리고 그 비극은 어김없이 현학원의 학인들을 찾아왔다.

"악!"

단말마의 비명 소리가 작은 내담 너머로 들렸다.

보이지 않는 죽음의 향기도 함께 흘러 들어왔다.

그러나 사방유는 움직일 수 없었다.

같잖게 보여 단숨에 죽이고 학인들을 구하러 가려던 사방유는 이각이 다 되어가는 지금까지 이 하찮은 살수에게 길이 막혀 있었다.

물론 그렇다고 그가 죽음의 위기에 처한 것은 아니었다.

비록 살수치고는 놀라운 무공을 지니고 있었지만, 살수의 손에 죽을 사방유가 아니었다.

신비로운 신화밀교의 칠선이 그다.

강호에 나가면 족히 백대고수 안에 들 실력자가 사방유다.

당연히 싸움은 사방유가 처음부터 우위를 점하고 있었다.

그런데 상대가 죽지를 않았다.

아무리 매서운 공격을 가해도, 제법 큰 상처를 입힌 것 같아도, 이 빌어먹을 살수 놈은 죽지 않았고 길을 열지도 않았다.

더군다나 보통 사람이라면 상처로 인해 움직임이 느려졌을 테지만, 이자는 이 정도의 부상은 아무렇지도 않다는 듯 전혀 느려지지도 않았다.

"후우… 살수로 지내기에는 아까운 실력이구나."

대학사 사방유가 오십여 초가 넘는 자신의 공격을 막아낸 살수를 보며 말했다.

"당신도 내가 예상했던 대학사의 모습은 아니구려. 난… 손쉽게 죽일 것이라 생각하고 왔는데……."

천살객 무원이 중얼대듯 대답했다.

그의 말은 사실이었다.

비록 청부 중개자인 주불에게 이들이 결코 평범한 학사가 아니라는 경고를 받기는 했지만 그래도 학사는 학사다.

그동안 현학원에 대해 조사한 결과 이들은 학사로서 흉내만
내고 사는 자들은 아니었다.

특히 사방유의 학식은 이미 낙양의 여타 유명 학사들 사이에
서 증명된 것이었다.

이에 무인이 학문을 한 것이 아니라, 학인이 무공을 배운 것이
라 생각했던 무원이었다.

그렇다면 한계가 있다.

무원이 주불의 경고에도 불구하고 사방유에 대해 그리 대단
치 않게 생각한 이유였다.

글 읽은 학인이 무공을 배워 한 경지에 이르렀다 한들 그것이
얼마나 대단하랴 싶었던 것이다.

그러나 놀랍게도 사방유는 주불이 경고했던 것 이상의 무공
을 지니고 있었다.

그의 목을 베는 것은 고사하고 자칫하다가는 자신의 목이 날
아갈 판이었다.

그래서 천살객 무원은 처음 십여 초의 대결 이후 급히 자신의
계획을 변경했다.

홀로 사방유를 죽이겠다는 생각은 더 이상 할 수 없었다.

대신 사방유를 잡아두는 것으로 목적을 바꿨다.

그를 이각 정도만 잡아둘 수 있다면, 혈수 조관과 사령문주
맹확이 이끄는 살수들이 현학원의 식솔들을 제거하고 이곳으로
달려올 것이란 계산이었다.

그들이 온다면 아무리 대단한 사방유라 해도 절대 살아남을

수 없다.

살수가 괜히 살수인가. 독이든 암기이든 여러 살수가 모이면 그를 죽일 수 있는 방법은 많았다.

사령문이나 혈수 조관이 이끄는 살수들이 절반쯤 죽어나가도 천살객 무원으로서는 상관없었다.

물론 사방유가 그 정도까지 이는 대단한 아닐 거라 생각했지만.

"단순히 학사들을 죽이기 위해 오진 않았을 것인데? 이곳이 특별한 곳이란 것을 알고 왔나?"

사방유가 무원의 목을 겨누던 검을 검집에 넣으며 말했다.

마치 싸우기를 포기한 사람 같다.

"물론 현학원의 학사들이 글만 읽지는 않는다는 것은 알고 왔소. 하지만 그래도 이건… 너무 강하구려."

무원은 오히려 조금 더 뒤로 물러났다.

검을 거뒀다고 사방유가 싸움을 포기한 것이 아니라는 것을 너무 잘 알고 있기 때문이었다.

아마도 그는 검보다 더 강력한 무엇인가를 꺼내 들 것이다.

그리고 그 예감은 적중했다.

슥!

사방유가 자신의 옷자락을 한쪽으로 걷었다.

그러자 그의 허리춤에서 작고 날카로운 비도들이 빼곡하게 꽂힌 요대가 모습을 드러냈다.

"비도?"

무원이 의외라는 듯 입을 열었다.

"너에겐 불행이지. 애초에 도주라도 하는 것이 좋았어. 그럼 난 널 죽일 여유가 없었을 것이다. 침입자들로부터 내 사람들을 지켜야 했을 테니. 하지만… 내 사람들을 구하기에는 이미 늦은 것 같군. 그렇다면 어쩔 수 없지. 시간이 걸려도 널 포함해 오늘 이곳에 온 자들을 모두 죽일 수밖에. 그래서… 너도 기회를 잃은 것이다. 살아남을 기회를!"

말을 하며 사방유가 부드러운 손놀림으로 요대에서 비도 하나를 꺼내 들었다.

그의 손끝에서 눈부신 비도가 살아 있는 생명처럼 꿈틀거렸다.

그 순간 천살객 무원은 본능적으로 도주해야 한다고 생각했다.

단지 사방유가 검술을 능가하는 비도술을 가지고 있을 거라는 생각 때문은 아니었다.

그는 한순간 본능적인 두려움, 죽음의 향기를 맡은 것이다.

살수로서 이런 직감을 무시할 수 없다.

살수는 오랜 세월의 경험으로 죽음을 예감할 수 있다. 그것이 청부 목표의 죽음이든, 살수 자신의 죽음이든.

팟!

무원이 앞뒤 가리지 않고 몸을 날렸다.

그 순간 사방유의 손에서 비도가 날았다.

쐐액!

비도가 무서운 속도로 허공을 갈랐다.

무원이 아무리 뛰어난 무인이자 살수라도 도저히 비도를 피할 수 없을 것 같았다.

그러나 천살객은 천살객이다.

천하백대고수니 십대고수니 하는 자들과는 무공에서 차이가 있지만 살수는 살수 특유의 능력을 실행 중에 자연스레 체득한다.

그중 하나가 사지에서 살아남는 법이다.

그것이 비록 큰 대가를 치르는 것이라도.

"핫!"

무원이 좀체 내지 않던 기합성을 냈다.

그 순간 그의 몸이 팽이처럼 회전했다.

퍽!

그 와중에 날아든 사방유의 비도가 무원의 몸에 꽂혔다.

"음······!"

무원이 신음 소리를 내며 허공에서 추락했다.

땅 위에 내려선 무원이 한쪽 허벅지를 잡으며 비틀거렸다.

그러나 땅에 쓰러지거나 죽지는 않았다.

허벅지를 잡은 그의 손가락 사이로 사방유가 날린 비도가 삐죽이 드러나 보였다.

"운이 좋구나."

사방유가 천천히 무원에게 다가서며 말했다.

자신의 비도에도 목숨을 건진 무원에 대한 감탄이 내포된 말이다.

"지금까지 버틴 것이 거저는 아니니까."

"그래. 그렇겠지. 보아하니 나이도 적지 않아 보이고, 살수로 그 정도 나이까지 살아남았으면 남다른 능력은 있는 거겠지. 내 발을 묶은 것 역시… 보자. 오늘 난 제법 많은 수하를 잃게 되겠지?"

갑자기 사방유가 물었다.

누구에게 묻는 것인지는 확실치 않았다.

사방유 스스로에게, 혹은 무원에게 묻는 것일 수도 있었다.

그러나 대답은 어쨌든 무원이 했다.

"현학원의 모든 생명이 죽을 것이다."

섬뜩한 말이다.

"청부자가 그걸 원하던가? 나 사방유의 목숨이 아니라 현학원 전체의 소멸을?"

사방유가 물었다.

무원이 사방유의 기운에 압도된 듯 자신도 모르게 고개를 끄떡여 대답을 대신했다.

"그렇다면… 교를 알고 있다는 뜻이군."

"교?"

무원이 본능적으로 물었다.

"몰랐나?"

사방유가 되물었다.

무원이 고개를 저었다.

"그럼 당연히 청부자의 정체도 모르겠군."

이번에도 무원은 고개를 끄떡이는 것으로 대답을 대신했다.

"누굴까? 본 원의 정체를 알고 있는 자가……?"

사방유는 현학원의 학사들이 살수들에게 공격당해 전멸할 위기에 처했는데도 태연하게 청부자에 대한 호기심을 드러냈다.

그러나 당장은 그의 의문을 풀어줄 사람이 장내에 없었다.

그 사실을 금세 깨달은 사방유가 다시 무원을 보며 입을 열었다.

"좋아. 어차피 일이 이렇게 된 것 현학원은 포기하면 되고… 꿩 대신 닭이라고 사람을 많이 잃었으니 쓸 만한 살수 하나를 얻어가고 싶은데……."

이건 또 무슨 소린가.

무원이 사방유의 의도를 정확히 알지 못해 혼란에 빠졌다. 갑자기 살수를 얻고 싶다니. 말 그대로 해석하면 자신을 얻고 싶다는 뜻이다.

"무슨 뜻이냐?"

"사람 말을 못 알아듣느냐?"

사방유가 되물었다.

"지금 나더러 항복을 하고 당신 수하가 되란 말인가?"

"나쁘지 않은 선택 같은데?"

사방유가 자신이 크게 선심을 쓴 듯한 표정으로 말했다.

그러자 무원은 더욱 혼란스러워졌다. 이런 제안을 태연하게 하는 이 사방유라는 인간이 도대체 그의 논리로는 해석이 되지 않았다.

"참… 어려운 사람이었군. 비밀도 많고."

무원이 중얼거렸다.

"시간이 없으니 한 가지만 말해두지. 너에겐 선택의 여지가 없다. 일단 본 교와 인연을 맺었으면, 그것도 오늘 같은 악연을 맺으면 천하에 네가 살 수 있는 곳은 없다. 오직 본 교의 제자가 되는 것밖에는."

사방유가 단호하게 말했다.

너무 단호해서 그의 말이 단지 협박으로만 들리지 않는 무원이다.

"대체 당신들의 정체는 뭔가?"

무원이 물었다.

"지금 그걸 답할 시간이 있겠나? 결정하라. 날 따르든, 아니면 죽든!"

사방유가 다시 날카로운 비도를 하나 꺼내 들었다.

이번 공격은 도저히 피할 수 없을 것이라고 무원은 생각했다.

허벅지에 입은 부상이 심상치 않았다.

적어도 비도를 피할 때 치명적인 약점으로 작용하리라.

죽음이 앞에 다가오니 갑자기 삶에 대한 욕구가 치솟았다.

살수라 해도 목숨은 간절할 것이다. 살기 위해 살수 노릇도 한 것이 아닌가.

하지만 그가 쌓아 올린 명성, 천살객이라는, 살수 최고봉의 명성이 살기 위한 그의 선택을 방해했다.

"훗, 살수의 명성 따위……."

갑자기 무원이 실소를 흘렸다.

이 와중에도 천살객이라는 살수의 명성에 집착하는 자신이 어리석게 느껴졌던 것이다.

천살객이라는 명성, 그 명성조차도 목숨 앞에서는 하찮은 것이다.

"결정했나?"

사방유가 비도를 든 손을 눈 위로 들어 올리며 말했다.

순간 비도가 그의 손에서 떠올랐다.

"헉!"

천살객 무원이 자신도 모르게 헛바람을 흘렸다.

사방유는 비도를 던져내는 것이 아니라 진기로 비도를 자신의 손바닥 위에 떠올렸다.

이건 정말 보통 고수가 할 수 있는 일이 아니었다.

"이 와중에도 본신의 능력을 숨기고 있었소?"

무원이 경악스러운 표정으로 물었다.

현학원의 학사들이 몰살당하고 있었다. 그런데 이런 상황에서도 사방유는 자신을 상대할 때 스스로의 무공을 일부분 감추고 있었던 것이다.

"사실 없어도 상관없는 사람들이야. 사람이야 또 얻으면 되는 것이고, 그대와 같은 사람을 얻으면 족해. 나와 같은 사람들은… 범인과는 다른 생각을 하고 살지. 자, 이제 결정해라."

사방유가 가볍게 손을 움직였다.

순간 그의 손 위에 떠 있던 비도가 움직였다.

쒜액!

사방유의 비도가 무원을 향해 날아들었다.

예상대로 무원이 절대 피할 수 없는 속도와 방향이다. 허공으로 도약을 하려 해도 비도가 박힌 왼쪽 다리가 말을 듣지 않았다.

"알겠소!"

한순간 무원이 소리쳤다.

본능적인 삶에 대한 욕구가 만들어낸 행동이었다.

그리고 그 순간 그의 눈앞에서 사방유의 비도가 멈췄다.

파르르!

사방유와 무원의 거리가 오 장여, 그 거리에서도 비도는 사방유의 진기의 영향을 받고 있었다.

놀라운 공력이고, 무공이었다.

"대체 이런……."

항복을 하고도 사방유의 비도술에 놀란 무원이 영혼이 나간 것처럼 중얼거렸다.

"잘 결정했다. 일단 이곳을 벗어나도록 한다."

사방유가 손끝을 까딱했다. 그러자 허공에 멈춰 서 있던 비도가 날아올 때보다 빠르게 사방유의 손으로 들어갔다.

"그럼 현학원은?"

어느새 현학원을 걱정하는 자신이 우스웠지만 묻지 않을 수 없는 천살객 무원이다.

"정체가 드러난 신터는 더 이상 쓸모가 없지."

"하지만 사람들은……."

"후후, 살수치고는 너무 인정이 많은 것 아닌가? 내가 이미 말했을 텐데. 그들은 없어도 된다고."

"학사치고는 너무 정이 없으시군요."

천살객이 무뚝뚝하게 말했다.

비록 항복을 하고 그의 수하가 되기로 했지만, 천살객으로서 살던 때의 패기는 남아 있었다.

"골치 아픈 수하가 되겠어. 지금까지 내게 이런 반문을 한 수하는 없었는데……."

그래도 기분이 나쁘지 않은지 사방유가 미소를 지으며 말했다.

그사이 현학원 중심부에서 터져 나오던 비명 소리가 점점 잦아들었다.

"서둘러야겠군. 싸움이 끝난 모양이야. 처음에는 이곳에 온 자들을 모두 죽여 버릴 생각이었는데, 그대를 얻었으니 이것으로 만족한다. 저들의 정체는 결국 알게 될 테니 죄는 나중에 묻기로 하지. 가자."

사방유가 몸을 돌려 걸음을 옮기기 시작했다.

목숨을 겁박해 항복을 받아낸 천살객을 믿는지 그에게서 서슴없이 뒤를 보이는 사방유다.

그런 사방유를 보며 천살객 무원이 잠시 갈등을 하다가 결국 그의 뒤를 따르기 시작했다.

"일이 참… 묘하게 되는군요."

마영천이 느린 듯 보이지만 범인의 걸음으로는 도저히 따라잡을 수 없는 속도로 현학원을 벗어나는 사방유와 천살객 무원을 보며 말했다.

목소리에 놀람과 조급함이 같이 묻어났다.

이대로라면 사방유를 놓칠 수밖에 없었다.

"천살객 무원… 생각보다 별로군."

적월이 중얼거렸다.

"누구에게나 목숨은 아까운 법이지요."

마영 천이 대꾸했다.

"그래도… 사당에서 보였던 그 기개 같은 것은 도대체 찾아볼 수 없군."

천살객 무원은 사당에서 주불의 청부에 반문을 제기해 적월이 손을 쓰게 만들었던 자였다.

그런 그가 사방유에게 목숨을 구걸할 줄은 적월도 예상치 못했다.

적어도 살수로서 최고봉에 오른 자라면 담담히 죽음을 받아들일 거라 생각했던 것은 적월의 착각이었다.

"사방유라는 자가 워낙 강한 듯합니다. 아예 심적으로 굴복이 된 듯……."

마영 천이 무원의 선택을 이해한다는 듯 말했다.

그러자 적월이 고개를 저었다.

"그가 강해서가 아니라 무원이 약해서 그래. 음… 아니군. 무원이 약한 것이 아니라 본래 인간이란 족속이 약한 거지."

"……."

적월의 말에 마영 천이 더 이상 대꾸하지 않았다.

자칫하다가는 그 자신도 무원과 같은 부류로 취급될 것 같았기 때문이다.

"사람은 재물과 정염, 명예와 권력의 유혹에서 벗어나지 못하는 법이지. 그리고 그중 제일은 자기 목숨이고……."

적월이 냉소적으로 말했다.

그러자 마영 천이 조심스럽게 물었다.

"저들도 그냥 보내주는 겁니까?"

사방유는 그렇다 해도 천살객 무원은 청부 거래를 어겼다.

거래를 어긴 청부 살수는 그 대가를 치러야 한다. 아마도 다시는 청부 일을 할 수 없을 것이다.

하지만 마맹에 치러야 할 대가는 그 이상이어야 한다. 결국 그의 목숨으로 자신의 선택을 책임져야 하는 것이다.

그럼에도 마영 천은 적월이 어쩌면 사방유와 천살객 무원을 살려줄지도 모른다고 생각했다.

앞서 남궁세가의 경우에도 세가주 남궁선을 살려두었기 때문이다.

그런데 이번만큼은 적월의 선택이 달랐다.

"그냥 보낼 수는 없지."

"그럼……?"

"천살객이야 살려줄 수도 있어. 자기도 살고자 선택한 일이니까. 하지만 사방유는 안 돼."

거래의 약속을 어긴 천살객 무원은 살려줘도 사방유는 살려줄 수 없다는 적월의 말은 어찌 보면 앞뒤가 맞지 않았다. 하지만 달리 생각하면 적월이 이번 현학원 공격을 얼마나 중요하게 생각하고 있는지가 드러나는 일이었다.

"그가 그렇게 중요한 사람입니까?"

마영 천이 물었다.

"현학원을 왜 공격했겠나. 겨우 학사들이나 죽이려고? 아니야. 사방유를 놓아주면 이번 일은 실패나 마찬가지. 그를 놓아줄 수는 없다."

적월이 단호하게 말했다.

"신화밀교가 생각보다 중요한 곳인가 보군요."

마영 천이 조심스레 말했다.

그러자 적월이 덤덤하게 대답했다.

"두고 보면 알아. 왜 이런 일이 필요한지."

물론 마영 천은 영원히 그 이유를 모를 수도 있었다. 절대삼천의 존재가 마영 천에게까지 알려지지 않을 수도 있기 때문이다.

마영 천은 묵묵히 고개를 끄떡였다.

그리고 적월은 직접 사방유를 상대하기로 결심했다.

"홍가군에게 전해. 그를 놓치지 말라고! 그리고 그를 상대할 최적의 장소를 정하라고. 다른 사람의 이목을 끌지 않는 곳으로."

적월이 명을 내렸다.

"예, 령주!"

마영 천이 대답을 하고는 순식간에 자리를 떠났다.

"그 노인과 싸울 거야?"

적월이 현학원을 살피던 일을 끝내고 북쪽으로 이동하던 중에 문득 환동이 물었다.

그러자 적월이 고개를 끄떡였다.

"아무래도 그래야 할 것 같아요."

"무영마 님, 그럼 그 싸움 내가 할게."

"예?"

"그 노인 내가 죽이겠다고."

환동의 갑작스러운 말에 적월이 걸음을 멈췄다. 그러고는 환동을 돌아보며 물었다.

"갑자기 왜요? 심심해서요?"

"응."

환동이 즉시 대답했다.

아무런 살기도 드러내지 않고 누군가를 죽이겠다고 말하는 환동은 천진난만함을 넘어 한편으로는 공포스러운 느낌도 들었다.

"그는 강해요."

적월이 걱정스럽게 말했다.

"내가 더 강해."

환동도 어린애 같은 목소리지만 단호하게 말했다.

이유는 알 수 없지만 다른 때의 환동과 다르게 적월의 만류도 통하지 않을 것 같았다.

하지만 또 생각해 보면 환동에게 일을 맡기는 것도 나쁜 것은 아닐 듯싶었다.

적어도 여전히 환동의 능력에 대해 의구심을 가지고 있는 마영들이나, 혹은 마해밀도의 오객에게 환동의 무서움을 제대로 알려줄 수 있기 때문이다.

그리고 환동이라면 반드시 사방유를 죽일 것이다.

적월 자신보다 더 확실하게.

제3장
대학사 사방유

　사방유와 천살객 무원은 빠르게 작은 마을을 빠져나왔다.

　현학원을 공격한 자들은 살수들이다.

　사람을 추격하는 데 가장 뛰어난 자들을 꼽으라면 바로 살수들이다.

　더군다나 혈수 조관과 그 의형제들, 그리고 사령문이라면 쉬고 있을 틈이 없었다.

　마을에서 간단한 요기를 하고 여행에 필요한 몇 가지 물품을 구입한 것이 두 사람이 가진 휴식의 전부였다.

　물론 어떤 마을도 들르지 않는 것이 가장 좋았을 테지만, 그 정도 준비는 어쩔 수 없는 일이었다.

　대로(大路)를 택할 수도 없었다.

　대로는 추적자들에게 가장 유리한 행로다.

깊은 숲으로 이어진 산길, 혹은 발을 적시며 강을 건너 흔적을 없애는 움직임이 필요한 때였다.

사방유는 현학원에서와 달리 무척 신중하고, 조심스럽게 움직이고 있었다.

천살객 무원을 상대하고, 그를 굴복시켜 수하로 만들 때의 여유로움은 더 이상 보이지 않았다.

하지만 그런 면이 천살객 무원에게 그에 대한 신뢰감을 더해 줬다.

그는 살수여서 어딘가 허술해 보이는 담대함보다 이렇게 빈틈없이 행동하는 사람을 더 신뢰했다.

콰아아!

한순간 거친 물살이 두 사람 앞을 막았다.

거친 계곡을 따라 엄청난 양의 물이 흐르고 있었다.

"비가 왔던가?"

사방유가 낭패한 기색으로 계곡 위쪽을 보며 중얼거렸다.

길이 좋지 않은 것은 아니지만 평소 자주 이용을 했던 길이라 물이 불어 길이 끊길 거라고는 생각지 못했다.

"삼 일 전에 비가 왔지요. 가을비라 양은 많지 않았는데……."

무원이 말꼬리를 흐렸다.

"계곡은 적은 비로도 물이 가득 차지."

사방유가 침착하게 말했다.

"어찌할까요?"

무원이 물었다.

그러자 사방유가 건너편까지의 거리를 가늠했다. 대략 십오

장 정도…….

"한 번에 넘기는 어렵겠군."

"한 번에요?"

무원이 놀란 눈으로 사방유를 바라봤다.

대체 십오 장이나 되는 계곡을 한 번의 도약으로 넘을 수 있는 사람이 있기나 하냔 의미였다.

"왜? 애초에 불가능한 일이란 뜻인가?"

"아무리 경공이 뛰어나도……."

"그런 사람이 있어."

"예?"

"그 불가능한 일을 할 수 있는 사람이 있단 말이네."

"대체 누가……?"

그런 일은 구패의 주인들이나 이십여 년 전 천하를 혈란에 빠뜨렸던 칠마조차도 할 수 없는 일이다.

"본 교의 일선께서는 가능하지."

"일선이시라면……?"

천살객은 비록 사방유에게 굴복해 그의 수하가 되었지만 신화밀교에 대해 아는 것이 거의 없었다.

그러니 일선이니 하는 말의 의미를 즉시 이해할 수 없었다.

"본 교를 만드신 분이지. 말로는 다 설명할 수 없고… 진정한 신인이라 해야 하나."

사방유의 얼굴에 존경의 빛이 흐른다.

"그런 분이 정말……."

"믿기 어렵지? 하지만 곧 만나 뵙게 될 걸세. 자네는… 특별한 은혜를 입게 될 거야. 사실 본 교의 교도들 중 일선을 알현한 자는 손가락에 꼽으니까."

"후우……."

천살객이 자신도 모르게 숨을 들이마셨다.

대체 어떤 인물이기에 이 대단한 사방유가 이토록 존경의 빛을 보이는 것일까. 미지의 일선에 대한 거대한 압박감이 그의 가슴을 짓누르는 것 같았다.

"그렇다고 너무 긴장하지는 말게. 사실… 세상 그 누구보다 따뜻한 마음을 지닌 분이니까. 신화밀교를 만든 것도 불쌍한 인생들을 구제하기 위함이지 사심은 없으시네."

"아……."

살수로 살아온 지 수십 년, 인간에 대해 누구보다 부정적인 생각을 가지고 있는 천살객 무원이다.

그러니 그가 이렇게 쉽게 누군가에게 감화된다는 것은 있을 수 없는 일이다.

그런데 지금 그가 흘려내는 탄성은 거짓이 아니었다. 그는 정말 신화밀교의 일선이란 미지의 인물에 대해 감탄하고 있었다.

단지 한 가지 이유, 평생 단 한 번도 실패하지 않은 청부에서 자신에게 유일하게 패배를 안긴 사람, 그리고 죽여도 시원찮을 자신의 재주를 인정하고 수하로 받아준 사람인 사방유가 인정한 사람이기에, 무원 역시 일선이라는 미지의 존재에 대해 다른 때와 달리 신비감을 느끼는 것이었다.

이상하게도 사방유와 함께 움직이면서 그는 신화밀교란 곳이 사교가 아닌 정말 그들이 말하는 것처럼 세상을 구원할 신교처럼 느껴지기도 했다.

어쩔 수 없이 한 선택이지만 그의 인생에 큰 반전을 만들 기회라는 생각조차 들 정도였다.

"위쪽으로 올라가지."

사방유가 무원에게 말했다.

"그럼 물살이 더 거칠지 않을까요?"

계곡 위쪽으로 올라갈수록 계곡의 물살이 더 거칠 것을 걱정한 것이다.

"대신 폭이 좁겠지."

사방유가 대답했다.

"아… 그렇군요."

무원이 금세 자신의 실수를 깨달았다.

계곡이 좁다면 물살이 거친들 무슨 상관인가. 날아 넘으면 그뿐인데.

"길을 열겠습니다."

무원이 앞으로 나서며 말했다.

없는 길에 숲도 험했다.

그러나 천살객 무원에게 길을 만드는 것은 쉬운 일이었다.

삭삭!

무원이 가끔 검을 휘둘렀다.

그러면 앞을 막는 나뭇가지들이 베여 나가며 길이 생겼다.

그 길을 따라 사방유는 산책하듯 유유히 산길을 올랐다.

그렇게 얼마나 걸었을까.

갑자기 계곡이 깊어지고, 계곡 한쪽에 커다란 바위가 거인처럼 서 있는 지형이 나타났다.

"이쯤이면 되겠군."

무원의 뒤에서 사방유가 말했다.

그러자 천살객 무원도 걸음을 멈추고 계곡을 바라봤다.

십여 장에는 미치지 못하지만 그래도 여전히 한 번에 날아 넘기에는 넓은 계곡이다.

"안 되겠나?"

사방유가 무원에게 물었다.

자신은 충분히 넘을 수 있지만 무원의 표정을 보니 그에게는 벅찬 거리라고 생각한 모양이었다.

하지만 무원이 고개를 저었다.

"아닙니다. 평지라면 어렵겠지만 바위 위에서 다른 쪽 바닥으로 날아 넘으면 가능할 듯합니다."

"음… 그렇군. 다행이야. 산을 오르는 것이 지루하던 참인데."

"좀 쉬어 갈까요?"

무원이 조심스레 물었다.

"그러지. 자네도 길을 만드느라 힘이 들었을 테니."

사방유가 고개를 끄떡였다.

그러자 무원이 재빨리 등에 메고 있던 짐을 풀어 사방유가 앉아 쉴 자리를 만들기 시작했다.

그런데 그때였다.

갑자기 무원이 움직임을 멈췄다. 대신 그의 신형이 빠르게 회전하며 허리춤에서 검을 뽑아 들었다.

그런 무원 앞에 일단의 사람이 모습을 드러냈다.

"누구냐?"

검을 든 무원이 사방유의 앞으로 나서며 불청객들에게 소리쳤다.

사방유 역시 조금은 걱정스러운 표정으로 불청객들을 바라보고 있었다.

그 순간 숲에서 나타난 사람 중 한 명이 벼락처럼 검을 휘둘렀다.

팟!

사내의 검에서 뻗어 나온 검기가 빛처럼 빠른 속도로 무원을 향해 닥쳐들었다.

"헛!"

무원의 입에서 헛바람이 흘러나왔다.

오랜 살수 생활로 좀체 당황하는 법이 없는 그로서는 이례적인 일이었다.

무원이 들고 있던 검을 얼굴 앞으로 올리며 급히 허리를 숙였다.

캉!

천살객 무원의 머리 위에서 강렬한 충돌음이 일어났다.

"음……!"

무원이 비틀거리며 허리를 숙인 채 서너 걸음 뒤로 물러났다.

그런데 그 순간 재차 또 다른 빛줄기가 무원을 향해 뻗어갔다.

연이은 공격에 천살객 무원이 당황한 한 채 연신 검을 휘둘렀다. 그러나 이번만큼은 자신을 향해 날아오는 빛을 완벽하게 막지 못했다.

서격!

사방유조차 끼어들 틈을 주지 않은 연이은 공격에 무원의 삿갓이 잘려 나갔다.

다행인 것은 삿갓 안의 머리는 베이지 않았다는 것. 그러나 머리카락이 뭉텅 잘려 나가 허공으로 날리는 것은 어쩔 수 없었다.

"다… 당신……?"

위협적인 공격을 두 번이나 당한 무원이 자신의 삿갓이 베여 나가고 머리카락이 잘려 나간 것보다 더 놀란 눈으로 자신을 공격한 사내를 바라봤다.

사내는 무원과 마찬가지로 검은 갓을 쓰고 그 아래 얼굴을 역시 검은 천으로 가렸다.

무원에게 강력한 두 번의 검기를 쏟아내고도 호흡 하나 흐트러지지 않은 모습이다.

더군다나 더 이상 무원 따위는 상대할 필요가 없다는 듯, 검을 늘어뜨리고 심드렁한 모습을 하고 있는 사내다.

모습을 가렸으니 누구라도 정체를 알아보기 힘든 사람. 그러나 무원은 단번에 사내가 누군지 알아챘다.

물론 사내의 이름이나 정체를 아는 것은 아니다.

다만 자신이 만났던 사람이라는 것을 확신했다. 그 밤, 그 사당에서.

"아는 자인가?"

사방유가 무원에게 물었다.

"그… 그자입니다. 현학원을 없애라는 청부를 한……."

무원이 대답했다.

"그럼 그 주 대인이라는 자?"

사방유와 함께 이동하면서 무원은 현학원을 없애고, 사방유를 죽이라는 청부를 받은 경위를 사방유에게 설명했다.

그래서 살수들을 동원한 자가 주 대인이라 불리는 청부 중개인이라는 사실을 알고 있었다.

"그는 아닙니다. 저자는… 원 청부자일 겁니다. 당시 사당에서 청부를 거절하려는 절 공격했었지요."

무원이 기억하고 있는 것은 적월의 모습이 아니라 검의 초식이었다.

주불의 청부 내용을 듣고 만약 거절하면 어쩌겠냐고 반문했을 때, 사당 안에서 검기를 쏘아내 그의 삿갓을 잘랐었다.

무원은 바로 그 초식을 기억하고 있었다.

그래서 상대가 사당 안에 있던 원 청부자임을 알아챈 것이다.

천살객 무원이 잔뜩 긴장한 것과 달리 대학사 사방유는 오히려 반가운 표정을 지었다.

"나쁘지 않군. 힘들어도 찾아내려 했던 자인데……."

이번 일을 벌인 자가 자신의 눈앞에 나타난 것이 행운처럼 느껴지는 듯했다.

"조심하셔야 합니다."

무원이 다른 때와 달리 사방유에게 적극적으로 주의를 줬다.

"그대가 조심하라면 조심해야지. 하지만 흉적을 앞에 두고 조심만 하고 있을 수는 없는 일이야. 내가 좀 만나보지."

사방유가 잔뜩 긴장한 무원을 지나쳐 적월 앞에 섰다.

사방유는 한동안 말없이 적월을 바라봤다.

적월 역시 사방유의 시선을 회피하지 않았다.

"누구지? 내가 모르는 자인데."

단지 눈을 보는 것만으로 사방유는 적월이 자신이 만나지 못했던 인물이라는 것을 확신했다.

그만큼 자신의 눈을 믿는 것이다.

'오만한 자군.'

적월은 사방유의 행동을 보며 그가 무척 오만한 자라는 것을 깨달았다.

얼굴을 가린 자를 눈빛만으로 알아볼 수 있다는 자신감은 오만함이다. 물론 얼추 짐작은 할 수 있지만, 사람의 눈빛이란 상황과 시절에 따라 변하는 법이다.

더군다나 무공의 고수라면 스스로 자신의 안광을 조절하는 것이 그리 어려운 일이 아니었다. 물론 그 기운의 종류를 바꾸는 것은 쉽지 않지만. 하지만 그것도 가능한 고수가 있다.

그러니 사방유가 적월을 모르는 사람이라고 확신하는 것은 적월의 무공이 자신보다 아래라는 선입견을 가지고 있다는 뜻이었다.

"사방유… 신화밀교 칠선. 맞나?"

적월이 물었다.

"짐작대로군. 현학원의 실체를 알고 공격한 거야."

사방유가 고개를 끄떡였다.

현학원이 신화밀교의 낙양 신터임을 모른다면 이런 기습은 있을 수 없었다.

"정확히는 그대를 잡으라고 보낸 거지. 그런데, 이자가 약속을 어겼어. 참… 살수답지 않게. 처음부터 마음에 들지 않았지만."

적월이 슬쩍 천살객 무원을 바라봤다.

순간 무원이 자신도 모르게 검을 들어 몸을 가렸다. 적월의 눈에서 흘러나온 안광이 자신의 아미에 꽂히는 듯한 느낌을 받았기 때문이다.

"음……."

그것으로도 모자라 무원이 나직한 침음성을 흘리며 두어 걸음 뒤로 물러났다.

그 모습을 보고서야 사방유의 얼굴에 긴장감이 떠올랐다.

천살객 무원이 누군가. 자신의 거친 공세를 모두 막아내며 자신의 걸음을 막은 자였다.

그 실력을 알기에 지금 무원이 보이는 행동을 보면 적월이 결코 무시할 수 없는 자라는 것을 알 수 있었다.

"대체 누구지?"

사방유가 정색을 하며 다시 적월에게 물었다.

사방유의 질문을 받은 적월이 고개를 저었다.

"지금은 말해줄 수 없어."

"그럼 언제? 죽어서 말하겠다는 건가?"

사방유가 협박 아닌 협박을 하며 슬쩍 옷자락을 걷어 올렸다.

상대의 강함을 안 이상 처음부터 그의 절기인 비도로서 적월을 상대하려는 것이다.

그 모습을 본 적월이 손을 들어 저으며 말했다.

"아니, 난 저자를 잡을 거야. 약속을 어긴 대가를 치러줘야 하니까."

"내 길은 막지 않고?"

사방유가 의외라는 듯 물었다.

청부업자가 약속을 어겼다고 해도, 그 청부의 목적이었던 자가 눈앞에 있는데 그냥 가도록 놓아둔다는 것이 이해가 되지 않았다.

"물론 그대도 잡아야겠지."

"그러니까 나더러 기다리라는 것이냐? 내 수하를 죽이고 날 상대할 때까지?"

사방유가 실소를 흘렸다.

그러자 적월이 다시 고개를 저었다.

"말을 끝까지 들어야지. 늙으면 참을성이 없어진다더니… 대학사란 사람이 뭐가 그렇게 조급한가. 내 말은 그댈 상대할 사람은 따로 있다는 거다."

"그게 누구냐?"

사방유가 더 이상 말씨름하기 싫다는 표정으로 물었다.

"형님, 저 늙은이가 형님을 찾네요."

적월이 환동을 보며 말했다.

그러자 환동이 신이 난 듯 실실거리며 되물었다.

"그럼 이제 싸워도 되는 거야?"

"예, 형님!"

적월이 웃으며 대답했다.

"죽일까? 살릴까?"

환동이 사냥감을 앞에 둔 사냥꾼처럼 물었다.

"좋으실 대로 하세요."

"알았어. 히히! 재밌겠다."

환동이 고개를 끄떡이며 앞으로 나섰다.

사방유는 그런 환동과 적월을 어이없는 표정으로 바라보고 있었다.

천살객 무원이 두려워하는 면사인은 그렇다 치고 이 바보 같은 놈은 뭔가 싶은 표정이다.

더 이상한 것은 어딘가 모자란 듯한 이 건장한 어린애의 말과 행동을 면사인이 전혀 말리지 않는다는 것이었다.

정말 이 어리숙한 놈이 자신을 제압할 수 있을 거라 믿는 사람 같았다.

"신화밀교를 알고 칠선이라는 내 신분이 뭘 의미하는지 알고 있다고 했나?"

사방유가 앞으로 나선 환동의 어깨 너머를 보며 물었다.

적월에게 한 말이다.

"대충……."

"그런데도 이 어리숙한 자에게 날 맡기겠다?"

"싸워보면 생각이 바뀔 거요."

적월이 전혀 장난기가 없는 말투로 말했다.

그런 적월의 반응을 본 사방유의 시선이 새삼스럽게 환동에게로 향했다.

그런 사방유에게 환동이 커다란 쇠몽둥이를 들어 보이며 말했다.

"싸우자!"

"헛허……!"

사방유의 입에서 헛웃음이 흘러나왔다.

그러나 안 싸울 수도 없는 상황이다.

"넌… 무공이란 것을 아느냐?"

사방유가 환동에게 물었다.

그러자 환동이 갑자기 히쭉 웃으며 대답했다.

"알아. 그리고 누구보다 세!"

팟!

말이 끝나기도 전에 환동이 땅을 박찼다.

"아플 거야!"

한순간에 이삼 장을 도약한 환동이 머리 위로 쇠몽둥이를 치켜들고 사방유를 향해 소리쳤다.

그렇게 그 이상한 싸움이 시작됐다.

쿠오오!

단 한 번의 도약, 단 한 번의 공격으로 모든 것을 알 수 있는 사람이 있다.

사람들은 환동의 일 초 공격에서 모든 것을 알 수 있었다. 왜 적월이 환동에게 싸움을 맡겼는지.

콰앙!

환동의 쇠몽둥이가 땅에 떨어졌다.

순간 지진이 난 것 같은 굉음이 터져 나오며 환동의 쇠몽둥이에 격중된 지면이 큰 항아리 깊이로 파였다.

물론 사방유는 환동의 공격을 피해 삼사 장 옆으로 물러나 있었다.

하지만 환동의 공격을 피했다고 해서 사방유의 얼굴이 평온한 것은 아니었다.

그는 마치 심장에 검이 꽂힌 사람처럼 경악하고 있었다.

"뭐 이런……?"

사방유는 단번에 확신할 수 있었다.

무림천하에 이 괴이한 바보 사내의 공격을 피할 수 있는 사람은 채 오십 명도 되지 않을 거란 것을.

그러자 그의 경계심이 한순간 극으로 치달았다.

팟!

그의 손이 움직였다. 그러자 비도가 날았다. 천살객 무원을 굴복시킨 바로 그 비도다.

쐐애액!

사방유의 손을 떠난 비도가 살아 있는 생물처럼 꿈틀거리며 환동의 이마를 향해 날아갔다.

강하지도 약하지도 않은, 완벽하게 균형 잡힌 힘을 실어 보내는 비도는 순식간에 환동의 이마에 도달했다.

그런데 그 순간 환동이 슬쩍 몸을 뒤로 뺐다. 그러자 이상한 일이 벌어졌다.

스스스!

환동을 향해 날아들던 비도의 속도가 갑자기 힘이 빠진 듯 느려졌다.

아니, 느려진 듯 보였다.

환동이 뒤로 몸을 빼는 것 이외의 행동을 하지 않았으니 비도의 속도가 느려질 이유는 없었다.

그럼에도 불구하고 비도의 속도가 느려져 보인 것은 그만큼 환동의 몸이 사람들이 보는 것과 달리 빠르게 움직였다는 것이다.

비도의 속도보다 빠른 환동의 신법이 비도와 그의 거리를 벌렸다. 그 거리를 사람들은 비도의 속도가 느려진 것처럼 느낀 것이다.

그리고 벼락처럼 환동의 쇠몽둥이가 움직였다.

캉!

강력한 타격음이 일어났다.

퍽!

마치 몽둥이에 얻어맞은 물고기처럼 비도가 환동의 쇠몽둥이에 맞아 땅에 꽂혔다.

어떤 반발도 없이 맥없이 떨어지는 비도를 보며 사방유가 다시 한번 경악했다.

비록 거리가 있지만, 지금까지 강호의 그 누구도 이렇게 쉽게 자신의 비도를 걷어낸 사람은 없었다.

그것도 놀랍도록 단순한 움직임이었다.

사방유는 고수다. 그래서 무공의 경지가 극에 이르면 어떤 초식도 필요 없는 순간이 온다는 것을 이해하고 있었다.

그 자신은 아직 그 경지에 도달하지 못했지만, 지금 그의 비도를 쳐낸 이 바보 사내는 어쩌면 그 경지에 도달했을지도 모른다는 불안감이 솟구쳤다.

"너… 넌 누구냐?"

물을 수밖에 없었다.

이런 무공을 지닌 자라면 적어도 천하십대고수다. 그런데 이런 바보 사내가 무림에 있다는 이야기를 들어본 적이 없는 사방유였다.

신화밀교의 정보력은 강호제일이다.

물론 그들 자신만 아는 사실이고, 그 자신들만이 자부하는 것이지만 어쨌든 그 자신감에는 이유가 있었다.

천하에 퍼져 있는 신화밀교 신터에서 비밀스럽게 수집하는 방대한 양의 강호 소식은 양이나 정확함에 있어서 개방이나 무림맹에 못지않았다.

그리고 사방유는 칠선이므로 당연히 그 정보들을 취할 수 있었다.

현학원으로 전해지는 모든 정보들 덕에 그는 앉아서 천하의 소식을 세세하게 듣고 있었다.

어느 지방에 어떤 종류의 고수가 탄생했는지는 그 정보들 중 가장 기본적인 소식이었다.

그런데 이런 기이한 자에 대한 정보는 본 적이 없었다.

모자라는 두뇌에 절대지경의 무공을 지닌 고수, 이런 자는 그 특징이 너무 분명해서 한 번 강호에 출도하면 반드시 소문이 나게 마련이었다.

그럼에도 불구하고 그에게 이런 절대고수에 대한 정보가 없다는 것은 이자와 그 동료들이 철저히 신분을 숨기고 움직인다는 의미였다.

당연히 이들에 대한 의문이 생길 수밖에 없었다.

그러나 환동에게 사방유의 의문은 관심 밖이었다.

그는 오랜만의 제대로 된 싸움에 흥분하고 있었다. 더군다나 상대가 제법 힘을 쓸 수 있는 고수가 아닌가.

"실력이 좋아."

환동이 사방유의 질문에 대답은 하지 않고 실실 웃으며 쇠몽둥이를 어깨에 걸쳐 메고 그를 향해 다가왔다.

"정체가 뭐냐?"

사방유가 다시 물었다.

"내 이름 물은 거야? 난 환동이야."

걸음을 멈추지 않으면서 환동이 대답했다.

"환동?"

사방유가 환동의 이름을 뇌까렸다. 그러나 역시 그의 기억에 없는 이름이다.

그러나 환동은 사방유가 계속 생각에 빠져 있을 시간을 주지 않았다.

"뭐 해? 싸우자!"

환동이 다시 날아올랐다.

순간 사방유도 퍼뜩 정신을 차렸다.

절대 방심할 수 없는 상대다. 아니, 전력을 기울여야 하는 상대다. 주의를 한순간도 다른 곳으로 돌릴 수 있는 상대가 아니었다.

파파팟!
세 자루의 비도가 날았다.
천살객 무원을 상대할 때는 오직 한 자루 비도로 그를 굴복시킨 사방유다. 그런데 지금은 세 자루의 비도를 연속으로 날려 그를 향해 달려드는 환동을 공격했다.
그러자 환동이 들고 있던 쇠몽둥이를 회전시켰다.
우우웅!
태풍이 일어난 듯 강렬한 바람 소리가 일어났다.
순식간에 환동의 쇠몽둥이를 중심으로 모든 것을 빨아들일 것 같은 회오리바람이 일어났다.
그리고 실제로 사방유가 날린 세 자루의 비도가 공기의 소용돌이에 휘말려 한 곳으로 모여들었다.
세 자루의 비도가 한 자 안쪽으로 모이자 환동이 거칠게 쇠몽둥이를 내리쳤다.
카캉!
강렬한 파열음이 장내에 울려 퍼졌다.
파파팟!
그리고 산산조각이 난 비도의 조각들이 사방으로 흩어져 땅에 박혔다.
그사이 환동은 어느새 사방유의 머리 위에 있었다.
"이놈……!"
필살의 절기인 자신의 비도를 너무 쉽게 막아내는 환동, 그것도 모자라 자신의 머리를 박살 낼 것처럼 쇠몽둥이를 쳐들고 날아드는 환동을 보며 사방유의 입에서 욕설이 흘러나왔다.

현학원의 대학사에게는 어울리지 않는 말투다.

그러나 환동은 그런 것을 따질 사람이 아니다. 그에게 이 싸움은 오로지 재미있는 놀이에 불과했다.

콰아아!

환동의 쇠몽둥이가 사방유의 머리에 떨어져 내렸다.

그러자 사방유가 재빨리 검을 뽑았다.

그가 자랑하는 절기인 비도술을 쓰기에는 환동과의 거리가 너무 가까웠다. 이 거리에서 비도는 힘을 받을 수 없고, 강력한 환동의 공격을 막을 수도 없었다.

캉!

환동의 쇠몽둥이와 급히 뽑은 사방유의 검이 허공에서 격돌했다. 직후 강력한 굉음이 일어나며 사방유의 신형이 주르륵 뒤로 밀렸다.

쇠몽둥이에 실린 환동의 힘을 사방유가 버텨내지 못한 것이다.

놀라운 광경이었다.

아는 사람만 아는 것이지만 사방유가 누군가. 신화밀교 칠선 중 하나다. 신화밀교의 교도들에게는 거의 신적인 존재로 추앙받는 큰 스승, 그리고 그들은 존경받을 만한 능력을 지니고 있었다.

그런데 그런 사방유가 이 어리숙한 바보 사내에게 밀려난 것이다.

"도망가지 못해!"

자신의 힘에 밀려나는 사방유를 보며 환동은 그가 도주한다고 생각한 모양이다.

환동이 다시 허공으로 날아올랐다. 마치 거대한 괴물이 땅을 차고 날아오르는 모습이다.

그러고는 순식간에 자신의 몸무게와 진기를 쇠몽둥이에 실어 사방유를 내려쳤다.

"어디서 이런 괴물이……!"

사방유는 자신이 당하고 있는 일을 도저히 믿을 수 없다는 듯 당혹한 음성을 흘려내면서도 검을 뻗어냈다.

차앙!

이번에는 소름 끼치는 마찰음이 일어났다.

사방유가 환동을 상대하는 방법을 바꿨다.

그는 환동의 힘을 인정했다. 그래서 더 이상 환동의 쇠몽둥이를 정면으로 받지 않고, 이화접목의 수를 이용해 환동의 강력한 쇠몽둥이를 비껴내기 시작한 것이다.

차앙차앙!

날카로운 마찰음이 연속해서 일어났다.

환동은 강력한 힘으로 연신 사방유를 밀어붙였다.

사방유는 평상심을 회복하고 유려한 움직임으로 환동의 공격을 피해냈다. 그의 검이 가볍게 움직일 때마다 환동의 쇠몽둥이 방향이 조금씩 틀어졌다.

그럼 그 빈틈으로 사방유가 몸을 피했다.

그렇게 두 사람의 싸움이 길어지기 시작했다.

"도와드려야 하는 것이 아닐까요?"

길어지는 싸움을 보며 마영 천이 적월에게 물었다.

고수의 눈으로 볼 때 힘으로는 환동이 앞서고 있지만, 무공의 세기에서 사방유가 나은 것처럼 보였기 때문이다.

이런 식의 싸움이 계속되면 결국 환동이 지치게 될 것이고, 그때 드러나는 약점을 사방유는 놓치지 않을 것이다.

한순간, 일 초의 검으로 환동이 죽음에 이를 수도 있었다.

그런데 마영 천의 걱정과 달리 적월은 태연했다.

"그럴 필요 없어."

적월이 대답했다.

"하지만 저대로 가다가는 결국……."

"형님이 지치고 허점을 보일 거란 거지?"

"그렇습니다."

그 사실을 알면서도 돕지 않느냐는 듯 마영 천이 적월을 바라봤다.

"사람들이 한 가지 모르는 게 있어."

적월이 담담하게 말했다.

"……?"

"저 싸움 말이야. 형님이 끝내려면 벌써 끝냈어. 형님은 다만 조금 더 놀고 싶을 뿐인 거지."

"설마……?"

마영 천이 믿을 수 없다는 듯 적월을 바라봤다.

"지금의 모습만 보면 형님은 내공만 강하고 무공의 세기는 부족한 것으로 보이지. 하지만 사실 형님의 무공은 나도 감당하기 힘들만큼 고절하지. 지금이야 쇠몽둥이나 휘두르는 거친 무공으로 보이지만 어느 순간 저 쇠몽둥이가 검이나 창의 모습을 하게 되면 그땐… 저자는 단 일 초도 버티지 못해."

"그게… 가능한 것입니까?"

마영 천이 적월이 말한 환동의 무공 경지에 대해 불신의 빛을 보였다.

그렇다고 그것이 적월에 대한 불경의 의미를 가진 것은 아니었다.

누가 들어도 지금 환동의 모습에서 사방유를 일 초에 죽일 만한 무공의 고절함을 발견하기 어렵기 때문이었다.

"때가 되면 알게 될 거야. 형님이 지루해지면 그 순간 이 싸움은 끝난다. 그러니 우리는 형님 걱정은 말고 저자나 잡아두자고."

적월이 시선을 천살객 무원에게로 돌리며 말했다.

천살객 무원은 뭔가를 결정하지 못한 사람처럼 어정쩡한 모습으로 서 있었다.

처음 사방유가 환동의 공격에 밀릴 때는 당장 도주할 마음이 들었던 무원이었다.

그는 청부를 받을 때 사당 안에서 자신을 공격했던 적월의 무공을 충분히 기억하고 있었다.

그 섬뜩하고 강렬했던 검기의 느낌을 그의 몸이 기억하고 있었기에 적월이 나타나는 순간부터 그는 도주에 대한 욕구가 일어났다.

그래도 그나마 도주하지 않은 것은 사방유의 존재 때문이었다.

사방유라면 능히 원 청부자인 적월을 상대할 수 있을 거란 믿음이 있었던 것이다.

그런데 일이 묘하게 진행됐다.

절대적 믿음을 가지고 있던 사방유가 지능이 모자란 듯한 이상한 사내를 이겨내지 못하고 있었다.

정확히 말하자면 공력에서는 사내에게 밀리고, 무공의 고절함에서는 앞선다고 할 수 있었다.

이런 경우 승패를 가늠하기 어렵지만, 시간이 지나면 결국 무공의 경지가 높은 사람이 승리하게 마련이어서 사방유의 승리를 예상할 수 있었다.

그럼에도 그냥 이 자리에 머물러 있기가 껄끄러운 것은 자신을 공격했던 면사인, 적월의 존재 때문이었다.

사방유가 덜떨어진 사내와의 싸움에서 승리한다 해도, 이후 지친 몸으로 면사인을 상대해 낼지 자신할 수 없었다.

그렇다고 당장 도주를 하는 것도 후일을 생각하면 쉽게 결정할 수 있는 일이 아니었다.

만약 사방유가 이 위기를 넘긴다면 그는 더 이상 자신에게 자비를 베풀지 않을 것이기 때문이다.

그래서 이러지도 저러지도 못하고 있는 천살객 무원은 고민을 하다 그만 때를 놓치고 말았다.

어느새 그의 앞으로 적월이 다가왔던 것이다.

"어떨 것 같소?"

갑작스레 들려온 말에 천살객 무원이 화들짝 놀라 목소리의 주인에게로 시선을 돌렸다.

자신과 마찬가지로 챙이 긴 갓을 쓰고, 얼굴은 검은 면사로 가린 사내가 자신을 바라보고 있었다.

순간 천살객 무원은 온몸에 소름이 돋았다.

상대의 이런 태연함이 그를 더욱 불안하게 만든 것이다.

"뭐… 가 말이오?"

무원이 되물었다.

"누가 이길 것 같소?"

적월이 보이지 않아도 얼굴에 미소를 띤 것이 분명한 모습으로 다시 물었다.

"그거야……."

"아마 당신이 새로 모신 주인이 이길 거라고 생각하겠지?"

적월이 자연스럽게 하대를 했다.

"무공의 경지가 다르오."

무원이 차갑게 말했다.

결국 사방유가 승리할 거란 뜻이다.

그러자 적월이 나직하게 실소를 흘렸다.

"후후, 상황 파악만 못하는 줄 알았는데, 무공의 고하도 제대로 알아보지 못하는군."

"설마 당신이 내세운 사람이 이길 거란 뜻이오?"

오히려 무공을 가늠할 줄 모르는 것은 당신이 아니냐는 표정으로 무원이 대꾸했다.

"싸우는 모습 이전에… 얼굴과 표정을 봐야지. 싸움이 길어진다고 내 형님이 조금이라도 긴장하거나 화가 난 표정이오? 아니지. 오히려 무척 즐거운 표정 아니오?"

적월의 말에 무원이 자신도 모르게 싸우고 있는 환동을 바라봤다.

과연 환동의 얼굴에는 미소가 가득했다. 아주 재미있는 놀이를 하고 있는 아이와 같다.

사방유와 같은 고수를 상대하면서 보일 수 없는 표정이다.

"봤으면 다시 대답해 보시오. 누가 이길 것 같소?"

적월이 다시 물었다.

"그… 그건……."

무원이 이번에는 제대로 대답을 하지 못했다.

적월의 말대로 환동의 미소를 보는 순간 사방유가 끝내는 이길 거란 믿음이 자신도 모르게 사라진 것이다.

"후후, 그대는 선택을 잘못했어. 청부를 포기한 것은 살기 위해 어쩔 없다 해도, 날 다시 만나는 순간 도망을 갔어야지. 그 순간을 놓친 덕분에 당신은 오늘 죽게 되는 거야."

적월이 천천히 검을 뽑으며 말했다.

제4장
숲을 건드려 뱀을 놀라게 하다

쐐액!

살수가 적을 상대하는 데 있어서 가장 중요한 것은 기습이다.

그것도 극독이 발린 암기나 화살을 사용하는 것은 살수들이 가장 즐겨하는 공격이었다.

무원은 그 살법의 기본에 충실했다.

그는 품속에 가지고 있던 모든 암기를 쏟아냈다.

허공으로 암기들이 별처럼 날아갔다. 밤이 멀었지만 한순간 허공이 유성으로 가득 찼다.

도대체 사람의 품속에 이렇게 많은 병기들이 어떻게 숨어 있을까 의구심이 들 만큼, 무원의 품속에선 온갖 병기들이 쏟아져 나왔다.

차창!

그럼에도 불구하고 적월은 거침없이 앞으로 걸어나갔다.

자신을 향해 날아오는 모든 병기들을 검으로 쳐내며 무원을 향해 걸어가는 적월의 모습은 태산이 움직이는 것 같다.

무원의 얼굴에 질린 표정이 드러났다.

아무리 무공이 강해도 이 정도 공격이면 잠시 물러나야 한다. 그 틈을 이용해 몸을 날려 도주할 요량이었던 무원은 자신의 계획이 무위로 돌아갔다는 것을 인정할 수밖에 없었다.

그가 생각했던 것 이상으로 이 정체 모를 원 청부자의 무공이 강력했던 것이다.

마지막 하나의 병기, 그가 애용하는 쇠꼬챙이 같은 살검을 제외하고는 날카로운 비도를 날리는 것으로 소나기처럼 쏟아지던 병기의 공격이 멈췄다.

창!

"이게 다냐?"

마지막 비도마저 가볍게 쳐낸 적월이 여전히 무원을 향해 걸으며 물었다. 이제 두 사람의 거리는 오 장 안쪽이었다. 언제든 한 번의 도약으로 상대를 공격할 수 있는 거리다.

"대체 넌 누구냐?"

무원이 새삼스럽게 적월의 정체를 물었다.

그는 몸으로 느끼고 있었다.

이자는 자신이 새롭게 주인으로 모시기로 한 대학사 사방유보다 강한 자다.

그렇다면 이 자리에 사방유보다 강한 자가 적어도 두 명이라는 것이다. 대체 이런 자들이 어디서 나왔단 말인가.

청부를 하는 것은 본래 자신의 능력이 미치지 못하는 일을 해결하려 하거나, 혹은 정체를 감추기 위함이다.

이자들은 확실히 후자에 속하는 자들이었다.

"죽는 순간 알게 될 거야. 그때는 말해주지."

팟!

적월이 땅을 찼다.

순간 그의 몸이 검은 그림자로 변해 순식간에 천살객 무원 앞에 도달했다.

"헉!"

무원이 헛바람을 쏟아내며 다급하게 검을 뻗어냈다.

슥!

그가 뻗어낸 최후의 일 초가 아쉽게도 적월이 만들어낸 검은 인영을 스쳐 지나갔다.

대신 그의 눈앞에 한 자루 검이 나타났다.

무원은 자신이 도저히 이 검을 피할 수 없다는 것을 깨달았다. 수십 년 살수로서 살아온 직감이다.

그리고 정말 그 검이 이질적인 느낌을 만들어내면서 자신의 심장을 찌르는 것을 두 눈으로 보았다.

"크억!"

뒤늦게 무원의 입에서 억눌린 듯한 신음 소리가 흘러나왔다.

툭!

적월이 비틀거리는 무원의 무릎을 찼다.

쿡!

무원이 가슴에 칼을 꽂은 채 적월 앞에 무너져 내렸다.

슥!

자연스럽게 무너져 내리는 무원의 가슴에서 적월의 검이 빠져 나왔다.

콰아!

무원의 가슴에서 피가 흘러나오기 시작했다.

그나마 땅에 엎드린 자세여서 피의 줄기가 어느 정도 약해진 면이 있었다.

하지만 심장을 찔린 자가 살아날 수 없다는 것은 어린아이도 아는 사실이다.

그 사실을 증명이라도 하듯이 무원의 정신이 아득해지기 시작했다.

순간 적월이 가만히 허리를 굽혀 그의 귀에 대고 말했다.

"약속했지? 죽는 순간 내가 누군지 말해주겠다고. 난 약속을 지키는 사람이지. 우린 마맹에서 온 사람들이다."

적월이 그 말을 하는 순간 무원이 정신을 잃었다.

환동의 놀이는 적월이 무원을 쓰러뜨린 후 마영 천이 있는 곳 으로 되돌아왔을 때까지 계속되고 있었다.

마영 천은 조금은 경직된 표정으로 적월과 사방유를 상대하 는 환동의 움직임을 번갈아 보고 있었다.

"형님이… 오랜만에 제대로 즐기시는군."

여전히 사방유를 제압하지 못하고 있지만 적월은 환동의 싸 움을 심각하게 생각하지 않았다.

"고생하셨습니다."

마영 천이 적월을 향해 본능적으로 고개를 숙이며 말했다.

"고생은 무슨. 본분을 잃은 살수 하나 정리하는 일인데."

적월이 심드렁하게 반응했다.

"감히 령주님께서 검을 드시게 해 죄송합니다."

"내가 원한 일이니까. 그나저나… 이제 형님도 그만 노셔야 할 텐데?"

적월이 길어지는 환동과 사방유의 싸움을 보며 중얼거렸다.

"사방유는 정말 죽이실 겁니까?"

마영 천이 물었다.

"살려두어도 쓸모없는 인간이지."

적월은 냉정했다.

적월에게 있어서 적어도 절대삼천과 연관된 자들에게 나눠줄 동정심이나 연민은 없었다.

그들이 만들어낸 세상이 얼마나 많은 사람들을 고통의 나락 속으로 떨어뜨렸는지 누구보다 잘 알고 있기 때문이었다.

더군다나 신화밀교는 밀천의 주구다. 천산에서는 사령들로부터 직접적인 공격을 받기도 했던 적월이었다.

"알겠습니다."

마영 천의 마음속에는 사방유를 살려두고 신화밀교에 대해 좀 더 많을 것을 알아내고 싶은 생각이 있었던 모양이다.

하지만 적월이 워낙 단호하게 말하자 그를 살려두자는 말을 입 밖으로 내지도 못했다.

그런 마영 천의 속내를 아는지 모르는지 적월이 환동에게 소리쳤다.

"형님, 배고프지 않아요?"

"어? 어… 그리고 보니 배가 고프네."

콰앙!

대답을 하는 와중에도 사방유를 향해 강력한 일격을 가하는 환동이다.

사방유는 어이가 없었다.

어떻게든 찾아보려는 빈틈은 보이지 않고 이 모자란 자는 자기 배고픈 걸 걱정하고 있다.

처음에는 환동의 어리숙한 말투 때문에 무공도 힘만 세지 허점이 많을 것이라 생각했지만 그건 사방유의 착각이었다.

환동은 강력하고 묵직한 움직임 속에서도 어떤 허점도 드러내지 않았다.

그래서 시간이 지나면서 사방유도 결국 인정할 수밖에 없었다.

이 바보 사내는 적어도 무공에 있어서만큼은 천하제일을 다툴 수 있는 고수라는 것을.

어쩌면 자신이 절대적인 믿음을 가지고 신적 존재로 여기는 일선에 버금갈지도 모른다고 생각할 정도였다.

그리고 또 하나, 인정하고 싶지 않지만 인정할 수밖에 없는 사실이 있었다.

그건 자신이 생사전의 상대가 아니라 놀이의 도구일 뿐이라는 것이었다.

"그만 끝내야겠어. 배가 고파서……."

환동이 사방유에게 말했다. 이젠 그만 놀자고 말하는 어린애 같다. 하지만 결과는 무서울 것이다.

어린애야 놀기 싫고 배고프면 집으로 가겠지만, 이 어리숙한 고수는 자신의 목숨을 거두려 할 것이다.

"쉽게는 안 될 것이다."

환동의 무공에 절망하고 있지만 사방유도 신화밀교의 칠선이다.

교도들에게는 신비로운 신선의 경지에 있는 사람으로 여겨지는 그가 아닌가. 불리한 상황이지만 신적 존재로 추앙받던 스스로에 대한 자존심은 여전히 살아 있는 그다.

그래서 반격을 가할 기세를 보이는 사방유였지만 환동은 그의 반발 따위는 더 이상 관심이 없었다. 그는 정말 배가 고팠다.

슈슈슉!

갑자기 환동이 쇠몽둥이를 창처럼 찔러댔다.

"흡!"

순간 사방유는 지금껏 느끼지 못한 당혹감을 느꼈다.

강력한 힘으로 쇠몽둥이를 휘둘러 대던 지금까지와는 너무 다른 공격이기 때문이었다.

'빈틈이 없어!'

사방유는 당혹감을 넘어 절망감에 빠졌다.

환동이 찔러대는 쇠몽둥이의 끝을 도저히 피할 방법이 없었다.

차차창!

피할 수 없다면 막는 수밖에 없다.

사방유가 검을 휘둘러 환동이 찔러대는 쇠몽둥이를 막아냈다.

그러자 한순간에 환동의 쇠몽둥이 끝이 십여 개로 늘어났다.

그리고 그중 두어 개가 사방유의 검을 뚫고 들어와 그의 어깨와 복부를 강타했다.

퍼퍽!

"억!"

사방유의 입에서 시정잡배들이나 낼 법한 신음 소리가 터져 나왔다.

그리고 그의 몸이 쇠몽둥이에 깃든 힘에 밀려 사오 장 뒤로 밀려났다.

"음!"

사방유의 입에서 연이어 신음 소리가 흘러나왔다.

몸에서 느껴지는 고통으로 보아 어깨뼈가 부서지고, 내장이 파열된 것이 분명했다.

아무리 고수라도 치명적인 부상이다.

그런데 그렇게 환동의 공격에 치명적 부상을 입고 뒤로 밀려난 덕에 좋은 점도 있었다.

환동과의 거리가 갑자기 멀어지면서 그가 비도를 쓸 수 있는 거리가 확보되었다는 점이다.

"놈!"

사방유가 고함을 치며 검을 던져 버렸다. 대신 두 손으로 요대에 꽂힌 비도들을 잡아 환동에게 날리기 시작했다.

슈우욱!

사방유의 비도술은 확실히 놀라웠다.

비도들은 단지 환동의 정면으로만 닥쳐들지 않았다. 어떻게 조절하는지 사방유의 비도는 환동의 전후좌우 사방에서 그에게 꽂혀들었다.

이때만큼은 환동의 얼굴에서도 웃음기가 사라졌다.

잠시 멈칫하던 환동이 갑자기 긴 쇠몽둥이를 창처럼 회전시키기 시작했다.

우우웅!

쇠몽둥이의 그림자들이 환동의 몸 주위를 순식간에 에워쌌다.

그리고 사방유의 비도들이 쇠몽둥이의 그림자들과 충돌했다.

카카카캉!

격렬한 충돌음이 줄지어 터져 나왔다.

순간 환동을 향해 날아들던 사방유의 비도들이 사방으로 튕겨 나갔다. 그중 어느 것도 환동이 만들어내는 쇠몽둥이의 그림자들을 뚫고 그의 몸에 닿지 못했다.

격돌의 순간은 짧았다.

한순간에 자신이 가진 모든 비도를 날려 보낸 사방유였다.

하나하나 비도를 날렸다면 족히 일각은 싸웠을 테지만, 단번의 반격에 모든 비도를 쏟아부은 사방유는 환동이 그 비도들을 모두 튕겨내자 더 이상 할 것이 없었다.

쿵!

비도를 모두 쳐낸 환동이 묵직하게 발을 굴렸다.

순간 그의 신형이 허공을 지나쳐 사방유 위에 떨어져 내렸다.

"후읍!"

사방유는 큰 호흡을 들이마셨다.

그러고는 한쪽에 던져두었던 검을 들어 떨어지는 환동의 쇠몽둥이를 막아갔다.

쩡!

사방유는 강렬한 파열음과 함께 자신의 검이 산산조각 나는 것을 바라봤다.

그리고 그 순간 자신의 인생이 조각난 검날처럼 끝났음을 직감했다.

"제길……."

사방유가 나직하게 뇌까렸다.

쿵!

묵직한 소음과 함께 사방유의 몸이 고목처럼 무너졌다.

신화밀교 일곱 큰 스승 중 한 명이고, 낙양 인근에서 존경받던 유학의 거두가 그렇게 허무하게 생을 마감했다.

그 끝이 너무 빠르고 쉬워서 오히려 실감이 나지 않을 정도였다.

환동은 자신이 죽인 사방유의 시신에 단 일 초도 관심을 두지 않았다.

그는 사방유가 숨을 거둔 것조차 확인하지 않고 몸을 돌려 적월과 마영 천이 있는 곳으로 다가왔다.

"무영마 님, 끝났어. 가자. 배고파."

환동이 어린애 같은 모습으로 말했다.

"그래요, 형님. 갑시다."

적월도 사방유의 죽음에 적지 않은 충격을 받은 상태였다.

물론 환동이 이 싸움을 이길 거라고는 생각하고 있었지만, 그래도 사방유의 최후는 허무할 정도로 간단했다.

"홍가군이 기다리고 있지?"

적월이 마영 천에게 물었다.

"그렇습니다."

마영 천이 대답했다.

"그럼 먼저 가서 반나절 정도 쉴 곳을 준비하라 전해."

"예, 령주님!"

마영 천도 환동의 무지막지한 무공과 사방유의 허무한 최후에 놀란 마음을 미처 진정시키지 못한 채 황망한 얼굴로 대답을 하고는 서둘러 장내를 벗어났다.

마영 천이 떠나자 적월이 시선을 돌려 사방유와 천살객 무원을 바라보며 중얼거렸다.

"숲을 건드렸으니 이제 뱀이 움직이기를 기다리면 되겠지."

적월과 환동은 사방유와 천살객 무원의 시신을 그대로 두고 장내를 떠났다.

보통의 경우라면 적이라도 죽은 자의 시신을 묻어줄 수도 있었지만, 적월은 이번만큼은 그렇게 하지 않았다.

비정하다고 할 수도 있지만 마맹의 마인다운 행동이었고, 또 신화밀교에서 그들의 시신을 발견하기를 바라서이기도 했다.

이들의 시신은 신화밀교의 가장 최고봉에 있는 밀천, 운중학 곤에게 주는 경고이기 때문이었다.

물론, 다른 사람이 알지 못하는 적월만의 또 다른 이유 하나
가 있기도 했다.

들썩!

"헉!"

갑자기 시체가 꿈틀대며 신음 소리를 흘렸다.

사위는 조용했다.

어느새 해가 져 달빛만 남아 있었고, 소리라고는 옆에서 흐르
는 격렬한 계곡의 물소리뿐이었다.

그런 괴기스러운 풍경 속에서 시체가 소리를 내며 움직인 것
이다.

"욱!"

시체가 다시 신음 소리를 냈다.

그러고는 벌렁 하늘을 보고 돌아누웠다.

"후우후우!"

연이어 들려오는 깊은 숨소리다.

그건 곧 시체가 살아났다는 것을 의미했다.

"제길… 내가 생각해도 생명줄 하나는 질기군."

살아난 시체, 천살객 무원이 손으로 자신의 심장 부근을 만지
며 중얼거렸다.

무원은 그 상태로 누워 일각 이상 호흡을 골랐다. 그러고는
다시 신음 소리를 내며 상체를 일으켰다.

"끄응!"

천 근 바위를 들어 올리듯 상체를 일으킨 무원이 겨우 옆에

떨어진 검을 주워 몸을 지탱하며 가부좌를 틀었다.

그러고는 다시 자신의 가슴 상처를 내려다봤다.

"참… 묘한 일이군."

무원이 가슴을 어루만졌다.

"윽!"

가슴에 손을 대자마자 참을 수 없는 고통이 일어나 본능적으로 신음을 토하게 만들었다.

"제길!"

무원이 자신도 모르게 욕설을 내뱉었다.

그러다가 문득 키득키득 실소를 흘렸다.

"크크크, 이거 정말 웃긴 일 아닌가. 이런 운이란 것은 선행이 많은 사람에게 일어날 일인데, 평생 사람이나 죽이며 살아온 나에게 이런 일이 일어나다니. 하늘이 정말 있는 것일까?"

무원이 고개를 들어 하늘을 바라봤다.

으스름한 달만 덩그러니 떠 있다.

그러다 문득 무원이 얼굴을 찡그렸다.

"그런데 정말 운일까?"

한 번 일그러진 그의 얼굴이 좀체 펴지지 않았다.

이해할 수가 없었다.

면사인 같은 고수가 이런 실수를 할 리 없었다. 심장을 비껴 찌르다니. 더군다나 보통의 경우 숨이 완전히 끊어졌는지 확인을 하고 떠나게 마련인데 그자는 그런 확인도 하지 않았다.

"혹시… 일부러 살려준 건가?"

무원이 중얼거렸다.

수십 년 사람을 죽여온 무원이다.

사람의 심장을 검으로 찔렀을 때의 느낌이 특별하다는 것을 너무 잘 알고 있었다.

자신을 쓰러뜨린 자는 엄청난 고수였다.

그렇다면 당연히 그자도 검이 심장을 찔렀는지 아닌지 느낌으로 알 수 있을 것이다.

다시 말해 분명히 자신의 검이 무원의 심장을 비껴 나갔다는 것을 알고 있었을 거란 뜻이다.

"그런데 대체 왜? 마맹의 마인이란 자가 갑자기 호생지덕을 베풀 일도 없을 텐데."

무원이 스스로에게 물었다.

아무리 생각해도 그자가 자신을 살려둘 이유가 없었던 것이다.

그리고 어떤 목적이 있어서 자신을 살려두었다면 자신을 데려갔어야 했다. 그런데 마맹에서 온 자라고 죽어가는 자신에게 말한 면사인은 자신을 그대로 두고 떠났다.

"젠장… 알 수 없지. 고민할 필요도 없고. 이유가 있다면 다시 나타나겠지. 후우, 그나저나 참 짧은 인연이네. 주인으로 모신 지 삼 일도 되지 않아서 죽어버리다니."

무원이 대학사 사방유의 시신을 보며 중얼거렸다.

그러다가 다시 검에 의지해 몸을 일으켰다.

"끙… 그래도 삼 일 동안 모신 주군인데 무덤은 만들어줘야지."

무원은 땅을 파고 대학사 사방유의 시신을 묻었다.

죽음의 문턱까지 들락거릴 정도로 큰 부상을 입은 몸으로는 봉분을 만드는 것조차 힘겨웠지만, 그래도 무원은 살수 특유의 끈기를 발휘하며 엉성한 봉분을 만들었다.

"후!"

무원이 자신이 만든 사방유의 봉분에 등을 대고 누웠다.

거칠게 흐르는 계곡 물소리, 그 물가에서 불어오는 차가운 바람이 땀을 식히고 정신을 맑게 했다.

"어디로 가나?"

무원이 주위를 둘러보았다. 갈 곳을 정하지 못한 나그네의 혼란스러움이 느껴진다.

그러다가 문득 무원이 눈빛을 반짝였다.

"아니지. 갈 곳이 왜 없나. 나도 이젠 갈 곳이 있다. 신화밀교… 이미 난 신화밀교의 사람이 아닌가."

무원이 마치 새로운 생명을 얻은 사람처럼 훌쩍 자리에서 일어났다.

"대학사… 당신은 죽었지만 난 당신과의 약속을 지킬 거요. 더 이상 살수로 살지는 않겠소. 난 이제 신화밀교의 사람이오. 당연히 대학사께서 죽은 경위를 교에 설명하겠소. 마맹… 왜 마맹이 당신을 노렸는지 모르지만 대학사 말대로 일선이 그렇게 대단한 사람이라면 당신의 죽음에 대한 대가를 받아낼 거요."

혼잣말을 중얼거린 무원이 주적주적 걸음을 옮기기 시작했다.

"무영마 님, 왜 그를 죽이지 않은 거야?"

동무림을 책임지는 마해오객 홍가군이 준비한 객잔에서 늦은 저녁 식사를 마치고 객방에 들어오자 문득 환동이 물었다.

저녁 내내 묻지 않았던 생뚱맞은 질문이다.

"누구요?"

적월이 되물었다.

"그 살수."

환동이 태연하게 대답했다.

"알고 있었어요?"

적월이 놀란 눈으로 환동을 바라봤다.

그가 천살객 무원의 심장을 비껴 나가게 검을 찌른 것을 환동이 알고 있을 거라고는 생각도 못 한 적월이다.

그 자리에 있었던 마영 천 같은 노련한 인물도 천살객 무원의 죽음을 의심치 않았다.

그런데 대학사 사방유와 싸우고 있었던 환동이 사실을 알고 있었던 것이다.

적월로서는 놀라지 않을 수 없는 일이다.

"응, 알고 있었어. 그자가 사실 조금 움직였어. 누워서. 그런데 무영마 님이 그걸 보고도 그냥 떠났잖아."

"후… 형님은 정말 눈이 좋군요."

적월이 가볍게 한숨을 쉬며 말했다.

전신극의 주인이었던 사람이다.

비록 학사검 종선이 준 신마혈단을 복용한 후 체형과 얼굴이 바뀌고 어린아이의 지능을 가지게 되었지만, 무공은 오히려 이전보다 더 강해진 듯한 환동이었다.

사방유를 상대할 때의 모습을 보면 단순한 짐작이 아니라 확신할 수 있었다. 거기에 천살객 무원을 살려줬다는 것까지 눈치 챈 눈썰미하며…….

만약 본래의 정신을 가지고 있었다면 세상에서 가장 무서운 적이 되었을 것이 분명했다.

그럼에도 불구하고 이런 놀라운 고수가 어린애의 지능으로 살아야 한다는 것에 아쉬움이 드는 적월이었다.

"졸려."

환동이 갑자기 하품을 하며 말했다.

어린아이의 특징이다.

심각하게 어떤 일을 이야기하다가도 원초적인 본능에 따라 행동하는 것.

졸린 환동에게 천살객 무원의 생존은 더 이상 관심의 대상이 아닌 듯 보였다.

"주무세요. 내일은 오랫동안 자도 돼요."

적월이 미소를 되찾은 얼굴로 말했다.

"그래? 다행이다. 지금까지 너무 일찍 일어났어."

환동이 투덜댔다.

"그러게요. 이제 우리가 바쁜 일은 끝났어요. 그들이 바빠지겠지요. 그러니 우린 푹 자도 돼요."

"그들 누구……?"

"있어요. 그런 사람들이."

적월이 대답했다.

적월이 말한 그들이란 절대삼천 중 밀천과 정천이다.

신화밀교 낙양 신터를 소멸시키고 사방유를 죽였다. 그 사실은 살려둔 천살객 무원을 통해 신화밀교와 밀천에게 전해질 것이다.

더불어 정천이 특별한 인연을 맺고 있는 것이 분명한 남궁세가 역시 큰 타격을 입었다.

분파들을 공격당한 만무회는 무림맹에 파견된 자파의 고수들을 급히 불러들이고 있다.

그 덕에 무림맹에 고수들을 파견한 다른 문파들도 자파의 고수들을 대거 복귀시키고 있었다.

이 일은 당연히 정천을 당황시킬 것이다.

그럼 결국 지금부터 바빠질 사람들은 그들이다.

적월이 앞으로의 일을 생각하는 사이 어느새 환동은 낮게 코를 골며 잠이 들어 있었다.

*   *   *

이상할 것 없는 방문이었다.

구패 중의 중심, 소림이나 무당과 달리 속세에 뿌리를 둔 문파로는 강호제일을 다투는 남궁세가의 참변이었다.

그런 곳을 명안 이조가 방문한 것이 이상할 것은 없었다.

그러나 마영 십일조의 조장 귀자호는 이상하다고 생각했다.

"밝은 대낮에 와도 되는 곳을 도둑처럼 한밤중에 드나들 이유가 있을까? 그것도 자정이 넘은 시간에. 사람들을 데리고 다니는 것도 이상하고. 본래 그는 혼자 움직인다고 알려졌는데……."

명안 이조가 남궁세가를 방문했다.

적월의 특별한 명에 의해 명안 이조의 행적을 추적하고 있던 귀자호와 마영 십일조의 눈에 들어오지 않을 수 없는 행동이었다.

그런데 그 방문이 귀자호의 의문을 불러일으킨 것이다.

너무 이상한 시간에, 그것도 세상이 알면 안 되는 것처럼 비밀스러운 방문이다.

더군다나 수하인 듯 보이는 장년의 인물 다섯이 동행했다.

세력이 없는 것으로 알려진 명안 이조의 행보로는 특별한 것이었다.

그렇다고 그를 따르는 자들이 무림맹의 사람들로 보이지는 않았다.

"이유가 있으셨군."

귀자호는 애초에 자신에게 명안 이조를 주시하라고 한 적월의 명에 의구심을 가지고 있었다. 그런데 명안 이조의 이상한 남궁세가 방문이 적월의 특별한 명에 대한 의문을 지워 버렸다.

"어쩔까? 들어가 볼까?"

귀자호가 남궁세가의 장원을 바라보며 중얼거렸다.

밤이 깊었지만 한 번 호되게 기습을 당한 덕에 남궁세가의 밤은 불이 꺼지지 않는다.

단지 석곡에서 마맹의 공격을 받은 것이 전부가 아니었다.

일부의 마도인들은 주력이 빠져나간 남궁세가의 본거지를 급습해 몇 개의 건물을 불태우고 도주했다.

남궁세가에 남아 있던 전대의 고수들이나 남궁선의 아우 남궁악이 어찌 손을 써볼 새도 없이 벌어진 일이었다.

그 일로 인해 남궁세가가 당한 참변을 세상에 숨기기 어려워진 것은 물론이었다.

이후 남궁세가는 밤이 되면 불을 대낮처럼 밝히고 주위의 경계를 강화했다.

그런 남궁세가에 잠입해 들어가는 것은 쉬운 일이 아니다.

설혹 잠입에 성공한다 해도 그곳에서 명안 이조의 행적을 추적하는 것은 더더욱 어려웠다.

"무영마께서 따르되 무리하지 말라 하신 것은 마영들의 노출을 피하라는 말씀. 무리할 수 없다. 이곳에서 기다린다."

귀자호가 남궁세가에 들어가는 것을 포기했다.

그때 명안 이조는 남궁선을 만나고 있었다.

그리 밝지 않은 호롱불 아래에서 명안 이조의 늙은 이마에 주름이 몇 개 더 접혔다.

그의 앞에서 남궁세가의 가주 남궁선이 미안한 표정을 짓고 있다.

"나로서는… 아쉽구려."

명안 이조가 한동안의 침묵을 깨며 입을 열었다.

"죄송합니다. 명안께서 본 가에 큰 기회를 주시려 했음을 모르는 것은 아니나, 일이……."

"아니오. 남궁세가의 사정이 이러하니 어쩔 수 없는 일이오. 하지만 나로서는 상황이 어려워도 이 기회를 놓치지 않기를 바라서 이렇게 와본 것이오. 천하가 마맹의 준동으로 어지러운 이때 강호는 새로운 영웅을 찾으려 할 것인즉……."

"맞습니다. 그 마두들이 감히 본 가를 공격할 정도라면 보통 일이 아니지요."

남궁선이 강호가 난세로 흘러간다는 이조의 말에 동의했다.

"난세는 영웅을 만든다고, 난 그런 영웅이 남궁세가에서 나오길 바랐소. 구패가 군림한다고 하지만 사실 소림과 무당을 제외하면 남궁세가만이 무림의 역사를 대변한다고 할 수 있소. 그간 전통이 깊지 않은 구패의 문파들이 강호 중소문파를 상대로 벌인 악행들로 구패에 대한 원성도 적지 않소. 이럴 때 남궁세가가 나서준다면… 흐음……."

명안 이조가 여전히 아쉬운 듯 나직하게 한숨을 내쉬었다.

그 순간만큼은 남궁선도 입맛을 다셨다.

지난 이 년여간 명안 이조는 무척 자주 남궁세가를 방문했다.

이 년 전 어느 날 명안 이조가 처음 남궁세가를 찾았을 때, 남궁선은 그의 방문을 여행 중 잠시 얼굴이나 보고 가려는 의례적인 방문으로 생각했다.

그런데 명안 이조는 남궁선의 예상과 달리 분명한 목적을 가지고 남궁세가를 방문한 것이었다.

그는 이 년 전 남궁세가를 방문했을 때 이미 오늘날의 무림 상황을 예견했다.

칠마의 난 이후 잠적한 마도의 무리가 재등장할 것이고, 천하가 다시 정사대전의 혼란에 빠질 것이란 예상이었다.

그러면서 명안 이조는 새로운 난세가 도래하면 자신은 남궁세가를 무림의 중심으로 세우고 싶다고 했다.

혈란의 종식도 중요하지만, 만무회나 검산파 같은 전통 없는 구패의 문파들이 권력을 믿고 강호의 중소문파를 억압하고 이득을 취하는 데 몰두하는 현 무림 상황을 바로잡고 싶다는 이유였다.

남궁선에게 구패 중의 패자, 천중천의 위치를 제안한 것이다.

흥분된 제안이었지만, 그때만 해도 남궁선은 명안 이조의 말을 반신반의했다.

적어도 당시에는 구패를 위협할 마도의 준동은 전혀 보이지 않았기 때문이다.

그런데 이 년이 지난 지금 명안 이조의 예상은 한 치의 틀림도 없이 적중했다.

단지 문제는 그 마도의 도발이 바로 남궁세가 자신에게 치명적인 상처를 주었다는 것이었다.

천산에서 세가의 노고수 남궁중지를 잃을 때만 해도 어쩌다 일어난 불행이려니 생각했던 남궁선이었다.

하지만 그 자신이 마맹 마두들에게 기습을 당하고 세가의 장원이 불에 타자 남궁세가는 천하군림은커녕 자파의 안위를 걱정해야 하는 처지가 되고 말았다.

그래서 그가 선택한 것은 천하의 패권을 포기하고 무림맹에 파견한 세가 정예고수들을 복귀시키는 것이었다.

그렇게 되면 적어도 외부의 무리에게 남궁세가가 공격당해 멸문의 위기에 처하는 일은 더 이상 없을 것이기 때문이다.

남궁세가가 수백 년을 이어온 것은 바로 이런 생존 본능 때문이었다.

이런 남궁선의 결정은 결과적으로는 명안 이조의 제안을 거절하는 모습이 되었다.

그래서 명안 이조가 급히 남궁세가에 달려와 자신의 제안에 대한 남궁선의 확실한 의사를 물었던 것이다.

남궁선의 대답은 확고했다.

천하군림보다는 세가의 안위가 중요하다는 것, 그것이 수백 년 세가의 전통이라는 대답이었다.

명안 이조의 유혹적인 제안에 마음이 동하지 않는 것은 아니지만, 적어도 남궁선은 자신의 욕심과 문파의 현실을 혼동할 사람이 아니었다.

"저로서도… 아쉽습니다. 본 가가 무림의 태산북두로 우뚝 설수 있는 기회인데. 하아! 제가 조금만 더 침착했다면……"

못내 지난 석곡에서의 패배가 아쉬운 남궁선이다.

석곡의 패배가 없었다면 그는 여전히 천하제일가의 꿈을 향해 매진하고 있을 것이다.

다른 그 누구도 아닌 무림맹을 창설한 명안 이조가 돕고 있다.

천하제일가의 꿈이 결코 꿈만이 아닌 현실로 다가와 있었다. 그런데 그 꿈을 접어야 하는 것이다.

그는 거의 모든 인간들처럼 현실의 안위를 택할 수밖에 없었다.

그것이 명안 이조에게는 못내 아쉬웠지만.

"어쩔 수 없는 일 아니겠소. 마도의 영악함은 하루 이틀 경험한 것이 아니니. 아무튼 가주의 뜻을 확실히 알았으니 아쉽지만 나도 다른 방도를 찾아봐야겠소."

명안 이조가 자리에서 일어나며 말했다.

그러자 남궁선의 얼굴에 당혹감이 떠올랐다.

다른 방도라니.

그 말은 남궁세가에 주려 했던 기회를 다른 누군가에게 주겠다는 의미일 수도 있었다.

"다른 문파로 가십니까?"

남궁선이 자신도 모르게 물었다.

"글쎄… 그럴 만한 곳이 있을지 모르겠소. 소림이나 무당이 나서지 않고서야."

"그들은……."

마맹과 싸우는 데는 힘을 써도 천하의 패자로 살 사람들은 아니란 뜻이다.

"확실한 하나의 중심을 세우지 못하면 구패의 역사가 지속될 밖에. 하지만… 적어도 지금의 구패가 이후의 구패일 거라고는 장담할 수 없을 것이오. 부디… 남궁세가가 봉문과 같은 행보를 하지 않기를 바라겠소. 한 문파의 권력은 난세에 자신의 역할을 하는 것에서 출발하니까. 그럼……."

남궁선은 명안 이조의 마지막 말을 들으며 차갑게 얼굴이 굳었다.

평소와 다른 명안 이조다.

더군다나 마지막 말은 협박처럼 들리기도 했다.

마맹과의 싸움에서 뒤로 물러나 있으면 구패의 지위조차 유지할 수 없을 거란 협박이다.

하지만 남궁선은 명안 이조의 협박과도 같은 말에 반발할 수도 없었다. 애초에 남궁세가의 사정이야 어찌 되었든 약속을 어긴 것은 자신이 먼저기 때문이었다.

"하루 쉬어 가심이……."

겨우 할 수 있는 일은 명안 이조를 붙들어놓고 그의 마음을 풀어주는 것 정도다.

그러나 명안 이조는 단칼에 남궁선의 호의를 거절했다.

"아니오. 강호의 사정이 급박하니 나도 편한 잠자리나 찾고 있을 수는 없을 것 같소. 그럼 다시 봅시다."

남궁선의 호의를 차갑게 거절한 명안 이조가 남궁선을 한차례 바라보고는 자리를 벗어났다.

순간 남궁선이 얼어붙은 표정으로 중얼거렸다.

"정말… 그 명안이 맞는 것인가? 저렇게 차가운 모습이라니……."

"어리석은 자!"

남궁세가를 벗어난 명안 이조가 참았던 분노를 터뜨렸다.

그의 곁을 호위하듯 따르는 다섯 명의 인물들은 마치 자신들이 죄를 지은 것처럼 아무런 말도 하지 못하고 이조의 눈치를 살폈다.

"찾아온 기회를 잡지 않았으니 향후 남궁세가는 영원히 무림의 패자 위치에 오르지 못할 것이다. 정천의 전통이 이어지는 한……!"

명안 이조가 스스로에게 다짐하듯 말했다.

"쉬실 곳을 찾을까요?"

그를 호위하던 중년의 고수가 조심스레 물었다.

"쉴 기분이 아니군. 더군다나 남궁가의 권역에서는!"

이조가 고개를 저었다.

"그럼 어디로······."

"남궁선이 굴러들어온 복을 거절했으니, 그 복을 차지할 다른 사람을 찾을밖에."

"벌써 대안을 정하셨군요?"

"사실 그들이 부상하기 전에 먼저 남궁가를 택한 것이 가끔 아쉬웠지. 다만 그간 들인 공이 있으니 끝까지 남궁가를 내세우려 한 것인데, 남궁선이 거부했으니. 후후, 역시 천운이란 것은 받을 사람이 미리 정해져 있는 것인가?"

기분이 조금 풀렸는지 이조가 작은 미소를 지었다.

"어디입니까?"

중년 무사가 물었다.

"북두산문! 애초에 천하제일가에 어울리는 문파 아닌가. 그 문주 백완의 야심 또한 만만찮고, 여인이란 점이 흠이지만 적어도 남궁선보다는 배포도 크고 말이야."

"북두산문··· 적당한 말(馬)인 듯합니다."

중년 사내가 고개를 끄떡였다.

"귀산의 도움도 자연스럽게 얻을 수 있을 거야. 그와 북두산문이 나름 인연이 있으니."

명안 이조가 평소와 다르게 날카로운 안광을 번쩍이며 말했다.

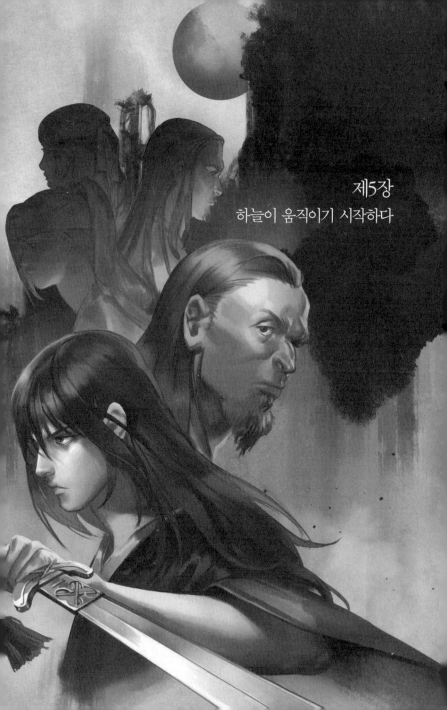

제5장
하늘이 움직이기 시작하다

학사검 종선이 규칙적인 발걸음으로 산길을 올랐다.

무두산이라는 이름을 가진 작은 산 정상으로 이어지는 길이다. 이름이 그리 붙은 것은 산 정상에 봉우리가 없기 때문이었다.

대신 천신이 거대한 검으로 봉우리를 잘라 버린 것처럼 평평한 평지가 있었다.

평지의 넓이는 삼십여 장 안쪽, 그리 크지 않은 작은 산이다.

사람들의 사는 마을에서 멀리 떨어진 외진 곳이 아니었다면, 사람깨나 오르내렸을 작은 산. 그러나 주변에 올망졸망한 크기의 산들이 늘어서 있어서 크기와 달리 깊은 느낌을 주는 산이다.

그 산 정상에 작은 초가 두 채가 여덟 팔(八)의 형태를 하고

서 있었다.

초가들 앞쪽은 작은 마당이고, 마당과 초가를 둘러 튼실한 흙 담장이 원을 그리고 있었다.

산 정상에 있는 것치고는 잘 가꿔진 초가 앞에서 학사검 종선이 걸음을 멈췄다.

그의 눈에 흙담 옆 작은 마루에 앉아 담 너머 풍경을 바라보고 있는 한 노인이 보였다.

천하의 지배자를 자처하는 하늘, 절대삼천 중 밀천으로 불리는 운중학 곤이다.

세상에서는 무림오선의 일원으로 추앙받는 대기인, 천하가 혈란에 빠지면 언제든 의지할 수 있는 무림기인 중 한 명으로 불리는 사람이다.

하지만 그의 머리에서 시작된 수많은 혈사를 직접 경험한 학사검 종선은 그의 모습에서 신선의 느낌을 받기 어려웠다.

대신 그는 운중학 곤에게서 기형적으로 성장한 천재의 모습을 보곤 했다.

하늘에 닿는 지혜와 능력을 가진 자가 비정적으로 성장했을 때 어떤 모습일까를 생각하면, 바로 운중학 곤의 모습이라고 할 수 있었다.

"오늘은 좀 다르시군."

학사검 종선이 중얼거렸다.

확실히 달랐다.

평소 운중학 곤에게서 느꼈던 느낌은 철저하고, 냉철함을 숨긴 부드러움. 그런데 오늘은 그 부드러움이 옅어지고 날카로움이 밖으로 드러나고 있었다.

이런 경우는 극히 드물었다. 분명 운중학 곤의 신경을 긁는 일이 벌어진 것이 분명했다.

그리고 이런 경우 보통은 뒤를 이어 강호에 큰 혈사가 벌어졌다.

운중학 곤이 자신의 신경을 건드린 인물이나 문파를 피로써 응징했기 때문이다.

물론 그 당사자들은 대체 자신들이 누구에게 당하는 것인지조차 모르고 당하지만.

"드디어 시작인가!"

학사검 종선이 탄식하듯 중얼거렸다.

천하가 혈란의 시기로 빠져들어 가고 있음을 누구보다 그가 잘 알고 있는 그다.

왜냐하면 그 혈란을 조장한 사람들이 그의 사부인 운중학 곤과 다른 두 명의 절대자이기 때문이었다.

그런데 오늘 운중학 곤의 표정을 보니 일이 좀 더 빠르게 진행될 것이라는 느낌을 받았다.

운중학 곤에게서 여유가 사라진 것이다.

"어쨌거나 이번까지는 내 일이 아니지. 또한… 나도 지난날처럼 깊이 관여치 않을 것이고. 나머지 한 팔마저 잘릴 수는 없으니까."

학사검 종선이 자신의 왼팔을 바라봤다.

칠마의 난 당시 마천 혼마 창에게 잘려 나간 왼팔이다.

철없던 시기, 치기 어린 행동으로 벌어진 일이었다.

그가 좀 더 노련했다면 그는 절대 칠마의 난에 깊이 발을 들여놓지 않았을 것이다.

실수는 한 번으로 족했다.

이번만큼은 이 세 명의 미친 절대자들이 벌이는 피의 놀이에 참여할 생각이 없었다.

이번 혈란이 지나가면 그들의 자리에 자신이 있을 것이므로.

"왔으면 오지 않고 무슨 생각을 그리하고 있는가?"

제자인 듯하지만 보통의 제자를 대하는 것과는 다르게 학사검 종선을 대하는 운중학 곤이다.

그에게 학사검 종선은 제자 이상의 존재였다.

후계자이고 자신에게서 절대의 무공을 배웠지만, 둘 사이는 스승과 제자보다는 계약에 의해 이뤄진 동업자 같은 느낌이 더 강했다.

그래서 학사검 종선에 대한 운중학 곤의 말투에서는 언제나 존중감이 느껴졌다.

운중학 곤이 부르자 학사검 종선이 머릿속 생각을 털어내고 그에게로 다가갔다.

운중학 곤에게 다가선 학사검 종선은 아무런 말도 하지 않고 침묵을 지켰다.

그러자 운중학 곤이 살짝 얼굴을 찌푸리더니 짜증이 나는 표정으로 입을 열었다.

"이야기는 들었는가?"

"남궁세가와 만무회의 일이라면 들었습니다."

학사검 종선이 대답했다.

"아니. 그것 말고 낙양 신터 말이야."

"낙양 신터에 무슨 일이 생겼습니까?"

학사검 종선이 금시초문이라는 듯 되물었다.

그러자 운중학 곤의 표정이 좀 더 일그러졌다. 어찌 보면 평소답지 않게 화가 난 듯도 보였다.

"이 사람, 이선이라는 사람이 그렇게 밀교의 일에 신경을 쓰지 않을 수 있나?"

갑자기 질책을 들은 학사검 종선은, 그러나 별다른 표정 변화 없이 다시 물었다.

"낙양 신터는 다른 신터와 달리 칠선이 직접 거주하는데, 일이 생기기 어려운 곳 아닙니까?"

"그런데 일이 생겼어."

운중학 곤이 여전히 화난 표정으로 대답했다.

"무슨 일입니까?"

종선이 다시 물었다.

그도 이제는 궁금했다. 낙양 신터는 칠선 대학사 사방유가 거주하는 곳이다.

본래 신화밀교의 일곱 큰 스승들은 한 곳에 거처를 정하지 않는다.

신화밀교의 신터에도 좀체 모습을 드러내지 않아 교도들에게 더욱더 신비하게 여겨지는 큰 스승들이었다.

그런데 오직 한 명, 칠선 사방유만이 거처가 있었다.

낙양의 현학원이 바로 그곳이었다.

그곳에서는 은밀히 신화밀교의 교리가 연구되고, 천하 각 신터에 보내질 교리가 담긴 서책이 만들어졌다. 그런데 바로 그곳에 문제가 생긴 것이다.

학사검 종선으로서 호기심이 생기지 않을 리 없었다.

"낙양 신터가 공격당해 칠선이 죽었네."

운중학 곤이 타박하듯 말했다.

마치 이런 일이 일어난 것이 학사검 종선 때문이라고 말하는 것 같았다.

"사방유가… 죽었다고요?"

이번만큼은 종선도 놀라지 않을 수 없었다.

사방유는 자신을 잘 몰라도 그는 사방유를 잘 알고 있었다.

운중학 곤의 후계자로서 신화밀교 일곱 큰 스승에 대해서는 운중학 곤만큼의 정보를 가지고 있었기 때문이다.

그가 아는 사방유는 누구에게든 쉽게 죽음을 당할 사람이 아니었다.

천하구패의 수장들과 겨뤄도, 승리는 몰라도 죽을 사람은 아니었다. 그런데 그가 죽었다.

그렇다면 적어도 천하구패 수장 이상의 고수가 등장했다는 말이 된다.

난세로 이어지는 현 강호에 또 다른 변수가 등장한 것이다.

"죽었어. 참 일이 고약하게 되었어."

운중학 곤이 화를 가라앉히며 말했다.

"누구에게 죽었습니까?"

종선이 정색을 하며 물었다.

그에게도 제법 심각한 일이기 때문이었다.

"소식을 가져온 자의 말에 의하면 마맹에서 한 일이라더군."

"마맹이요?"

"그렇다더군."

운중학 곤이 퉁명스럽게 대답했다.

종선이 운중학 곤의 대답을 듣고는 곤혹스러운 표정을 지었다.

마맹이라면 혼마 창의 손에서 움직인다. 그렇다면 칠선 사방유를 죽인 것은 혼마 창이라는 말이 된다.

그런데 정천과 정면 대결을 벌여야 하는 마천 혼마 창이, 굳이 신화밀교를 건드려 밀천 운중학 곤을 적으로 돌릴 이유가 없었다.

그에게 운중학 곤과 정천 명안 이조를 동시에 상대할 힘이 있다면 가능한 일이다. 하지만 종선이 아는 한 혼마 창에게 홀로 두 사람을 한 번에 상대할 힘은 없었다.

"대체 그가 왜……?"

당연한 의문이다.

대체 혼마 창이 왜 이런 무리한 일을 했는지 이해가 가지 않았다.

"마맹이 했다고 했지 그가 했다고는 하지 않았네."

운중학 곤이 대답했다.

"그러나 감히 밀교의 신터를 공격하고 칠선을 죽이는 일을 마맹의 다른 사람이 할 수 있겠습니까?"

마맹이 한 일이라면 당연히 혼마 창이 했다고 봐야 한다.

적어도 종선의 생각은 그랬다.

"확실치 않아. 아무리 생각해도 현 시점에서 그가 날 자극할 이유가 없거든. 이제 막 시작인데."

운중학 곤이 침착하게 말했다.

"소식을 가져온 자는 누굽니까?"

종선이 물었다.

"천살객 무원이란 살수. 강호에선 일인 청부업자로 제법 알려진 자라더군. 그자가 마맹의 청부를 받고 낙양 신터에 갔었나 봐. 그와 다른 살수들이 동원되었다더군. 마맹의 마인들은 한 명도 가지 않고……."

"그야말로 혼마가 평소에 즐겨 쓰는 차도살인계이군요."

종선이 말했다.

평소 혼마 창이 귀계를 잘 쓰는 걸 비꼬는 것이다.

"뭐, 자네의 평가가 그렇다면 그런 거고. 어쨌든 다른 자들은 현학원의 학사들을 도륙하고 그 천살객 무원이란 자가 칠선을 맡았다고 하더군."

"그런 자가 어떻게 칠선의 소식을……?"

죽이러 간 자가 죽은 자의 무리에게 그 소식을 전한다는 것은 상식적인 일이 아니었다.

"그자의 예상과 달리 칠선의 실력이 뛰어났던 거지. 그래서 외려 그 자신이 칠선에게 죽을 위기에 처했는데, 칠선이 교에 들어와 자신의 밑에서 일할 것을 제안했다고 하더군. 칠선이 그자의 실력에 반했던 것 같아. 말을 들어보니 그럴 만한 재주가 있는 자더군."

"그럼 대체 칠선은 누구에게 죽은 겁니까?"

종선이 물었다.

"이 일을 청부한 원 청부자가 현학원을 포기하고 떠난 칠선과 천살객이라는 살수를 찾아왔다는군. 그자가 또 다른 절대고수를 데려왔는데 어딘가 어수룩해 보이는 모습이었지만, 무공만큼은 천하제일을 다툴 만큼 강했다고 하네. 그 중년 고수에게 칠선이 죽었다는군. 천살객이란 자… 무공을 볼 줄 아는 자 같으니 사실일 거야."

운중학 곤은 천살객의 판단을 믿는 듯했다.

"그럼 그자는 어떻게 살았답니까?"

칠선이 죽었는데 천살객 정도의 살수가 살아남은 것은 이해할 수 없었다.

"자신도 죽었었다고 하더군. 정확히 말하자면 그자들은 천살객이 죽은 것으로 알았다는 거지. 그의 가슴이 검에 찔렸는데, 아슬아슬하게 검이 심장을 비껴 나간 모양이야."

"…그건 좀 믿기 힘들군요."

종선이 말했다.

"음… 나도 그 부분이 찜찜하긴 해. 고수라면 검 끝이 심장에 닿았는지 알아챘을 터인데……."

"그럼 역시 천살객이란 자가 거짓말을 하는 걸까요?"

"그건 아닌 것 같고. 어쩌면 일부러 살려준 것이 아닐까 싶은데……."

운중학 곤도 확신하지 못하겠다는 듯 고개를 갸웃했다.

"일부러라면……?"

종선의 눈빛이 번쩍였다.

"자신들이 마맹이라 밝히고 일부러 천살객을 살려줬다면 흉수들은 마맹이 아닐 수도 있지. 어쩌면······."

운중학 곤이 뒷말을 하지 않았다.

하지만 종선은 운중학 곤이 말하지 않은 부분을 짐작할 수 있었다.

"정천을 의심하십니까?"

종선이 직설적으로 물었다.

"가능한 일이지."

운중학 곤이 부인하지 않았다.

"이간계라······."

"정천은 야심이 큰 자야. 조사의 유훈을 따르기 위해 어쩔 수 없이 우리 모두 이렇게 숨어 살고 있지만, 적어도 그는 무림맹을 만들어 천하를 지배하는 맛은 봤거든. 어쩌면······."

"가능성이 없지는 않군요."

학사검 종선도 운중학 곤의 의심에 동의했다.

그러자 운중학 곤이 정색을 한 표정으로 종선을 돌아보며 말했다.

"그래서 이 일을 자네가 맡아줬으면 하는데."

"······?"

"이 일의 내막을 좀 알아봐 줘. 하나에서부터 열까지 모두. 이 일에 참여했던 살수들의 이름도 알고 있고, 이 일을 중개한 자도 알고 있으니 정말 원 청부자가 마맹인지를 확인하는 것은 어렵지 않을 걸세."

"……."

운중학 곤의 명령과 같은 부탁에 종선이 대답을 하지 않았다.

"거절하는 건가?"

제자가 사부의 부탁을 거절한다. 아니, 후계자가 자신을 후계자로 지목한 주군의 명을 거절한다.

쉽지 않은 결정이다. 그러나 종선은 아무런 표정의 변화 없이 운중학 곤의 제안을 침묵으로 거절했다.

"이는 나만의 일이 아닌 신화밀교 전체의 일이기도 하네."

"밀교는 어차피 쓰고 버릴 도구 아니었습니까? 세상에 그 실체가 드러나는 순간 소모품이 될 운명이었지요."

애초에 밀교를 소모품으로 생각하고 있던 것은 운중학 곤이었다.

그런 밀교를 자신은 소중하게 생각하라고 말하는 것은 받아들일 수 없었다.

"밀교는 쓸모가 많아."

운중학 곤이 한발 물러섰다.

"그 말씀에는 동의합니다. 세상에 알려지지 않은 거대한 조직이니… 하지만."

"그래도 나서지 않겠다? 밀교가 건재하면 후일 자네에게 큰 힘이 될 텐데?"

"처음부터 전 이번 놀이에서는 방관자로 남기로 하지 않았습니까? 그리고 밀교는 밀천 님의 것이지 제 것이 아닙니다. 제가 밀천이 되면 저만의 다른 뭔가를 만들어내야겠지요."

학사검 종선이 냉정하게 말했다.

그런 종선을 보며 운중학 곤이 화를 내기보다는 한숨을 쉬었다.

"하아… 내가 정말 너무 뛰어난 후계자를 두었군."

"감사합니다."

"조건을 말해보게."

"무슨 말씀이신지?"

"아, 말을 둘러 하지 말고. 난 시간 없어. 이젠 본격적으로 이 놀이를 시작해야 하니까. 마천이든 정천이든 이번에는 나도 좀 제대로 놀아봐야겠어."

그 말에는 외려 종선이 놀란 표정을 지었다.

"직접… 그들을 상대하시렵니까?"

"일단 자네의 대답을 듣고 내 생각을 말해주지. 얼른 조건을 말해봐. 원하는 게 있을 거 아닌가?"

운중학 곤의 말에 종선이 잠시 침묵을 지키다가 입을 열었다.

"단지 사실을 확인하는 것뿐이라면……."

"그래그래. 그 정도면 족해. 나도 누가 내게 칼을 겨눴는지는 정확히 알고 이 놀이를 상대해야 하니까."

곤이 고개를 끄떡였다.

"좋습니다. 제가 원하는 것은 십이천문입니다."

"응?"

운중학 곤이 얼른 이해가 가지 않는다는 듯 되물었다.

그러자 종선이 다시 말했다.

"십이천문의 안위, 그 안에 속한 자들 모두의 안전을 원합니다. 밀천께서는 천산에서 이미 한 번 저와의 약속을 어기셨지만, 그 약속을 다시 한번 받고 싶군요. 그리고… 이번에는 반드시 약속을 지키셔야 합니다."

"허어… 왜 그렇게 그들에게 집착하지?"

운중학 곤이 정색을 하며 물었다.

그러자 학사검 종선이 대답했다.

"빚이 있으니까요."

"빚이라… 그런 생각이면 큰일을 하기 어려운데? 내가 늘 말했잖은가. 정은 우리 같은 사람에게는 독이라고."

절대삼천이란 사람들의 가장 큰 특징이다.

사람에 대한 애정을 갖지 않는 것. 자신들 이외의 모든 사람은 쓰고 버릴 수 있는 소모품 같은 존재란 생각을 하는 절대삼천이었다.

그런 생각이 있기 때문에 수천의 피를 뿌리며 내기를 할 수 있는 것이다.

"빚을 갚으면 더 큰 보답을 받을 수도 있지요."

학사검 종선이 미소를 지으며 말했다.

"보… 답? 아하! 이제 보니 자네……!"

운중한 곤이 뭔가를 깨달은 표정으로 학사검 종선을 바라봤다.

"새 술은 새 부대에 담아야 하는 법이지요."

"과연 그들이 동의할까? 자네도 말했지만 자넨 그들에게 빚이 있는데……."

"그래서 그 빚을 갚으려는 것입니다. 그들이 만족할 때까지."

"하하하, 알겠네. 그런 생각이라면. 하긴 제대로 된 도구를 얻으려면 노력이 필요한 법이지. 그들은 살려두겠네. 내 뒤를 이을 자네에 대한 선물로. 단, 내 목에 칼을 겨누면 그땐 나도 어쩔 수 없지."

"그런 일이야 있겠습니까? 신화밀교 정도라면 모를까."

종선이 가볍게 미소를 지었다.

일이 자신이 원하는 대로 되었다고 생각하는 듯 보였다.

"그래도 사람 일은 모르지. 불사 나왕은 만만한 인물이 아니야. 아마… 정천도 눈여겨보고 있을 걸세."

"정천의 정체를 아는 순간 오히려 그의 칼을 조심해야 할 겁니다."

"하긴, 그 고지식한 자가 가만있지는 않을 거야. 그나저나 살아서 중원으로 돌아왔을 것은 같은데 전혀 눈에 띄지가 않네."

운중학 곤이 중얼거렸다.

천산혈사 이후 십이천문의 종적이 발견되지 않은 것에 대한 의문이었다.

"밀천께서 살수를 동원해 그들을 죽이려 했는데 함부로 세상에 모습을 드러내겠습니까. 하지만… 가만히 있지는 않을 겁니다. 분명 저나 혹은 삼천 어른들을 찾고 있을 겁니다."

"하긴… 그렇군. 아무튼 자네들 일은 자네들이 알아서 하게. 내가 부탁한 것이나 제대로 알아봐 주고."

"알겠습니다."

"그리고, 조만간 밀검들이 움직일 걸세."

운중학 곤이 가장 신뢰하는 수하들인 밀검을 움직일 생각임을 밝혔다.

"그러셔야겠지요."

절대삼천의 다툼에선 아낄 사람은 없었다.

놀이라고는 하지만 삼천이 거의 모든 것을 걸고 싸운다는 것을 학사검 종선이 누구보다 잘 알고 있었다.

"밀검 몇 명 데려다 쓰겠나?"

"아닙니다. 제 일은 제가 알아서 하지요."

"후후, 그들을 믿지 못하는군."

"밀검들이야, 밀천 님의 분신이지 제 사람들은 아니지요."

"스승과 제자 간에 참 거리가 있어. 우리는……."

운중학 곤이 아쉬운 듯 말했다.

"그래야 서로 편합니다. 그럼 전 이만!"

학사검 종선이 가볍게 고개를 숙여 보인 후 그 자리에서 사라졌다.

신기에 가까운 신법, 신선이라 불릴 만한 신법이다.

학사검 종선이 어느새 산 아랫길에 이른 것을 보며 운중학 곤이 중얼거렸다.

"후계자를 고르는 면에서는 내가 이미 정천이나 마천을 앞섰다고 할 수 있지. 저 친구는 이미 우리 셋의 경지에 올랐어. 후우… 정말 이 일을 끝으로 결정을 해야 할 것 같군. 물려줄지…아니면……."

운중학 곤의 눈에 한순간 살기가 스치고 지나갔다.

＊　　　　＊　　　　＊

불사 나왕의 표정이 잠시 흔들렸다.

멀리 돌아서 들어온 소식이다. 그러나 소식이 전해지는 데 필요한 시간은 그리 오래지 않았을 것이다.

"그래 봐야 삼사 일 전… 가봐야 하나?"

나왕이 망설였다.

소식이 전해진 것은 금림의 상인에 의해서였다.

천화산 인근 마을에는 십이천문의 사람들이 단골로 이용하는 상점들이 서너 개 있었다.

그곳에 갈 때면 불사 나왕 등 십이천문의 사람들은 금림이 전하는 무림의 소식을 접할 수 있었다.

물론 상점의 주인들은 금림과 거래를 하고 있지만 자신들이 강호의 소식을 누군가에게 전하고 있다는 것조차 알지 못했다.

단지 그들은 금림의 행수들이 약속된 손님들에게 전하기를 부탁하는 물건을 잠시 맡아두었다가 물건의 주인에게 전달할 뿐이었다.

그 손님 중에 십이천문의 사람들이 포함되어 있었다.

그리고 상점 주인들이 전하는 물건 속에는 금림이 십이천문에 전하는 강호의 소식이 교묘하게 숨겨져 있었다.

청풍회라는 이름으로 만들어진 단체에 들어온 문파의 수장들만이 해석할 수 있는 조어를 사용한 전문의 형태로.

그 전서를 오늘 찾아온 불사 나왕은 전서로 전해진 소식으로 인해 깊은 고민에 빠져 있었던 것이다.

〈명안 이조 북두산문으로 향함.〉

무척 간단한 문장이었다.

그러나 나왕의 마음을 흔들기에는 충분했다.

단지 명안 이조가 모습을 드러냈다는 것 때문은 아니었다. 남궁세가에 들렀던 그가 북두산문으로 향한다는 것이 문제였다.

북두산문에는 백완이 있다.

남궁세가와 특별한 인연을 맺고 있던 것이 분명한 그가 남궁세가를 떠나 북두산문으로 향한다는 것은 북두산문에 특별한 볼일이 있다는 의미였다.

그 일이 북두산문을 어렵게 만들 수도 있었다.

물론 백완이라면 능숙하게 명안 이조를 상대할 수 있을 것이다.

그녀의 무공, 지모, 그리고 따를 자 없는 강단. 백완은 여인이지만 한 문파의 수장으로 갖춰야 할 모든 점을 가지고 있었다.

하지만 비록 뛰어난 사람이라 해도 백완이라는 이름이 그를 망설이게 만들고 있었다.

백완은 그에게 특별한 여인이기 때문이었다.

"뭘 고민하시오. 가봅시다."

나왕의 맞은편에서 한동안 침묵하며 나왕의 모습을 살피고 있던 자왕 사송이 자리를 털고 일어나며 말했다.

그러자 나왕이 당황한 듯 입을 열었다.

"그녀라면 군이 우리가 아니라도 충분히 그를 상대할 수 있을 것이오. 더군다나 그녀는 그의 정체를 알고 있으니……"

"그걸 알고 있는 분이 그렇게 고민을 한단 말이오? 후우… 그녀의 능력을 믿는다 해도 가보지 않으면 불사께선 한동안 걱정으로 잠을 못 이루실 것이오. 그러니 가봅시다. 지금으로선 특별히 할 일도 없고."

"그러나 그의 주변에 모습을 나타내는 것은……."

십이천문의 흔적을 강호에 남기는 것은 여전히 위험했다.

물론 천산에서 십이천문을 위기에 몰아넣은 것은 밀천 운중학 곤이었지만, 어쩌면 명안 이조도 십이천문이 절대삼천의 존재를 알고 있다는 것을 알고 있을지도 모른다.

"언제까지 숨어 있을 수만은 없는 일 아니오. 이 천화산만 그들에게 노출되지 않으면 되니 가봅시다. 또 모르는 일 아니오? 명안 이조가 독한 마음을 품고 북두산문으로 갔는지. 그자가 독하게 마음을 먹으면 아무리 북두산문주가 영민한 사람이라도 위기에 빠질 수 있소."

사송이 핑계가 아닌 정말 걱정하는 마음으로 말했다.

그러자 나왕이 그제야 자리에서 일어났다.

"알겠소. 가봅시다."

"가보긴 하는 건데… 서리 동생이 뭐라지 않을지 그게 걱정이구려."

"그야… 내가 잘 말하리다."

"하긴 뭐, 서리 동생도 남녀 사이의 일에는 굳이 잔소리를 하지 않을 것이오. 허허!"

그 말을 하고 사송이 도망치듯 문을 나섰다.

"이런 참… 그 양반……."

나왕이 자왕 사송의 갑작스러운 말에 당황한 표정을 짓다가 한숨을 쉬며 자왕 사송의 뒤를 따라 걸음을 옮겼다.

*   *   *

"이것 참……!"

명안 이조가 갑자기 걸음을 멈췄다.

그에 따라 그를 호위하는 다섯 무인도 걸음을 멈췄다.

그를 호위하는 자들의 모습은 각양각색이었다.

삼남이녀가 섞여 있고, 나이는 젊은 쪽이 사십 전후, 나이 든 사람은 육십을 넘은 사람도 있어 보였다.

옷차림도 서로 달라서 이들이 하나의 조직으로 이어진 것 같지는 않았다.

그러나 그들은 어쨌든 함께 명안 이조를 호위하고 있었다.

"왜 그러십니까?"

다섯 호위 중 가장 나이가 많아 보이는 사람이 물었다.

"운학, 북두산문이 언제 이렇게 변했는가?"

명안 이조가 초로의 고수를 운학이라 부르며 물었다.

"일 년 전부터 대대적인 공사가 있었습니다."

운학이라 불린 자가 대답했다.

"음… 그리 보고를 받은 것 같기는 한데……."

"문주 백완의 수완이 보통이 아닙니다."

"그러게. 애초에 똘똘한 여인이었지."

명안 이조의 말속에는 북두산문의 문주 백완을 어린애 보듯 하는 속마음이 묻어났다.

"만무회와 검산파도 요 몇 년간 그녀의 행보를 제어하지 못했습니다."

"그 뿌리 없는 것들은 논할 필요가 없어. 내가 그자들을 구패의 일원으로 만들어준 것은 단지 사냥개가 필요했기 때문이야. 이번 정사대전이 끝나면 사냥개는 죽게 될 거야."

평소의 명안 이조라면 상상할 수도 없는 말이다.

명안 이조는 무림오선 중에서도 가장 광명정대한 심성을 가지고 있는 인물로 알려졌기 때문이다.

"그자들이 분수를 모르고 처신한 것은 맞습니다. 요 몇 년간은 감히 천(天) 님의 명도 거스를 정도였으니까요."

"후후, 가소로운 짓이지. 자신들이 구패의 지위를 누리는 것이 누구 덕인지도 모르고. 하여간 근본 없는 것들은 하는 짓도… 쯔쯔!"

명안 이조가 불쾌한 듯 얼굴을 찌푸렸다.

그러자 운학이라 불린 노인이 조심스럽게 물었다.

"만약 그녀가 제안을 거절하면 어쩌실 생각이신지요?"

그러자 이조가 고개를 저었다.

"아니, 절대 거절하지 않을 걸세."

명안 이조가 확신에 찬 모습으로 대답했다.

"어찌 그리……?"

"그 아이를 아니까. 칠마의 난 때 가문에 남은 마지막 무인들을 몰고 나와 칠마와의 싸움에 참여하려 했지. 물론 구패의 입장에서 보자면 오합지졸… 그럼에도 그 아이는 사람들의 멸시 속에서도 열심히 싸웠어. 왜 그랬겠나? 가문의 무인 모두가 죽더라도 천하제일가 북두산문의 부활의 씨앗을 만들려 했던 거지. 북두산문의 이름을 다시 한번 무림에 알리고 싶었던 거야."

"결국은 실패했지요."

운학이 말했다.

"그랬지. 하지만 그때 내가 조금만 손을 거들어줬으면 성공했을 수도 있지."

"물론 천께서 힘을 쓰시면 북두산문이 아니라 삼류문파도 일류가 될 수 있지요."

운학이 명안 이조의 힘을 칭송했다.

"그런데 내가 왜 그러지 않았는지 아나?"

명안 이조가 물었다.

"그럴 생각이 조금이라도 있으셨던 겁니까?"

운학이 되물었다.

"잠시 고민했었지. 하지만 결국 그 아이를 키우지 않았어. 역설적으로 말이야. 그 이유는 그 아이가 너무 뛰어난 재능을 가지고 있었기 때문이네. 그뿐인가. 백초산의 후예라 그런지 천하를 아우를 패도의 기운도 있었네. 그런 아이를 잘못 키우면 사냥개가 주인을 무는 일이 생긴다네."

"아… 그래서……"

노고수 운학이 나직하게 탄식을 흘렸다.

"그런데 결국 자기 혼자 스스로 컸군. 이렇게 말이야."

명안 이조가 시선을 눈앞에 펼쳐진 거대한 북두산문의 땅으로 눈길을 돌렸다.

북두산문은 백완이 가문의 옛 터전, 황하 중하류 백가산으로 무리를 이끌고 돌아온 후, 일 년 사이 놀랍게 변해 있었다.

불타 사라진 건물들을 복구한 것은 놀랄 일도 아니었다.

백완은 백 년 전 천하제일인 백초산 시대에 만들어진 외성(外城)을 복구했다.

북두산문의 장원으로부터 사오 리 떨어진 곳에 만들어진 외성은, 북두산문을 무가가 아닌 하나의 작은 왕국처럼 보이게 만들었다.

외성으로부터 북두산문의 장원까지는 그 옛날처럼 문파에서 소용되는 채마를 기르는 밭과, 북두산문에서 사용하는 말들에게 먹일 풀을 기르는 초지가 형성되어 있었다.

강호에서 흔히 볼 수 없는 아름다운 풍경, 그리고 그 아름다운 풍경 뒤에 숨어 있는 북두산문의 부흥의 기운을 노련한 사람이라면 쉽게 알아챌 수 있었다.

이런 발전을 단지 몇 년 사이에 이뤄낸 백완의 수완이 놀라울 수밖에 없었다.

"오랫동안 준비를 한 듯합니다."

운학이 말했다.

"그랬겠지. 와신상담… 그 뜻을 제대로 알고 있는 모양이야. 십 년을 준비해 일거에 가문을 일으켜야 타인의 방해를 받지 않고 일을 성공시킬 수 있는 법. 오랜 준비를 한 번에 터뜨렸다는 뜻이지."

명안 이조가 고개를 끄떡였다.

"운도 좋은 듯합니다만."

뒤에 서 있던 호위무사 중 두 명의 여인이 있었다. 그중 나이 많은 쪽이 입을 열었다.

"운? 원화, 그대는 운이 작용했다고 보는 건가? 실력이 아니라?"

이조가 물었다.

"물론 오랜 시간 갈고닦은 실력도 있었겠지요. 하지만 백완이 잠시 무림에서 사라졌다 다시 나타나 만무회와 검산파로부터 양보를 받아낼 때, 불사의 도움이 있었지 않습니까?"

"음, 그렇지. 그의 도움이 있었지. 거기에 귀산까지."

"귀산께서 그곳에 간 것 역시 불사의 힘이 작용한 것이니까, 결국 불사의 도움이 오늘날 북두산문의 부흥을 만든 단초가 되었다고 할 수 있습니다."

"음… 그렇긴 하군. 그렇게 보면 불사 나왕은 참 이상한 친구야. 자신은 손에 쥐는 것 하나도 없이 두 문파를 구패로 만든 격이니."

송가장과 북두산문이 구패의 지위에 오르는 데 불사 나왕의 힘이 바탕이 된 것을 말하는 것이다.

"우연치고는 이상한 우연이지요. 불사가 떠나자마자 송가장은 나락으로 떨어져 구패의 지위를 내려놓았고, 불사가 잠시 머문 북두산문이 그 자리를 대신 차지했으니까요."

원화라 불린 여인이 말했다.

"그래서 세상일은 알 수 없는 거야. 작은 단초 하나가 천하의 운명을 바꾸거든."

명안 이조가 말했다.

"하지만 현 무림은 다르지요. 삼천께서 의도하시는 대로 강호가 움직이고 있으니까요."

"그것도 오만이야. 강호가 언제 한두 사람의 뜻으로 움직이던가. 변수가 많은 곳이지."

명안이 고개를 저었다.

그로서는 남궁세가와 만무회가 기습적으로 마맹의 공격을 받은 것에 적지 않게 충격을 받은 듯했다.

설마 혼마 창이 이렇게 급하게 구패를 공격할 거라고는 생각지 못했던 모양이었다.

애초에 정천으로서 명안 이조가 계획했던 것은 마맹의 발호를 억누르며 무굴산 무림맹에 최대한의 세력을 모아 일거에 마맹을 멸살하는 것이었다.

가장 화려하고, 가장 강력한 승리. 그렇게 하면 절대삼천의 시대조차도 이번에 끝낼 수 있지 않을까 은근히 기대하고 있던 이조였다.

칠마의 난 때는 감히 시도할 수 없는 전략이었다.

당시 칠마는 절대삼천조차도 조심해서 다뤄야 하는 인물들이었다.

자칫 그들이 한데 모여 힘을 쓰면 절대삼천도 승부를 예측할 수 없는 강력한 고수들이었던 것이다.

그래서 칠마의 난 때 명안 이조는 칠마와 십육마문을 각개 격파하는 전략을 택했고, 그 전략이 맞아들어 마천과의 내기에서 이길 수 있었다.

물론 마천은 칠마의 전력을 한군데로 모으기 위해 노력했지만, 이조의 분열책과 마인들 특유의 독선적인 성격으로 인해 실패했다.

그런데 지금은 상황이 변해 있었다.

마맹과 무림맹의 모든 전력이 한 장소에 모여 건곤일척의 승부를 겨루면 십중팔구는 무림맹의 승리였다.

그리고 그 승리의 열매는 무척 달콤할 것이다.

어쩌면 절대삼천이라는 족쇄에서 벗어나 일인천하를 구가할 수도 있을 거란 생각인 명안 이조였다.

그래서 무림맹으로 천하 각 문파의 고수들을 집결시키고 있었는데, 남궁세가와 만무회가 마맹의 공격을 받은 것이다.

덕분에 애서 무림맹에 모았던 천하 각 파의 고수들 중 절반 이상이 자파로 복귀했다.

결국 명안 이조의 전략은 수정되어야 했다. 물론 그는 이미 나름대로의 새로운 전략을 만들었다.

그리고 자신의 계획을 이끌어갈 말 잘 듣는 사냥개를 구하기 위해 북두산문을 방문한 것이다.

그런데 그 북두산문의 성장세가 그의 예상을 뛰어넘고 있었다.

이런 성취를 혼자의 힘으로 거둔 백완이라면 명안 이조가 꼭 두각시로 부리는 것이 버거울 수도 있었다.

그러나 명안 이조는 그럼에도 불구하고 백완을 자신의 수족으로 만들 자신이 있었다.

그가 누군가. 절대삼천, 정파의 하늘 정천이다.

"가지. 제법 사나운 사냥개일 수도 있지만, 얻기만 하면 맹수를 사냥해 올 거야."

북두산문의 성장이 오히려 백완에 대한 기대치를 높이고 있는 모양이었다.

"모시겠습니다."

노고수 운학이 앞으로 나서며 말했다.

운학이 십여 장 앞으로 나서자 그제야 명안 이조가 걸음을 옮겼다.

"어디서 오는 사람들이오?"

북두산문의 외성문을 지키는 무사가 위엄 있는 목소리로 노고수 운학에게 물었다.

그러자 운학이 정중하게 대답했다.

"무림의 현자이신 명안 노사께서 대북두산문의 문주님을 뵙고자 오셨소."

순간 외성문을 지키던 북두산문 무사의 눈이 더 이상 커질 수 없을 만큼 커졌다.

"지금… 명안 어른이라 하셨소?"

"그렇소."

"무림오선의 그……."

"맞소."

운학이 미소를 지으며 대답했다.

그러자 무사의 시선이 자연스럽게 십여 장 거리를 두고 서 있는 선풍도골의 노인에게로 향했다.

그러다가 퍼뜩 정신을 차리고는 운학을 보며 말했다.

"잠시, 잠시만 기다리십시오. 사람을 보내 문주님께 명안 노사의 방문을 알리겠습니다. 뭣들 하느냐? 어서 문주께 귀인의 방문을 전하라!"

무사의 호통에 당황한 표정으로 명안 이조에게 시선을 고정하고 있던 무사들 중 한 명이 훌쩍 말에 올라 북두산문의 장원을 향해 달리기 시작했다.

제6장
천하제일가의 꿈

불사 나왕은 아쉬움을 곱씹었다.

겨우 여섯이다. 명안 이조를 포함해서!

이자들이 북두산문에 도착하기 전에 따라잡았다면, 십이천문이 동원할 수 있는 모든 힘을 동원해 그를 제압할 수도 있었을 것이다. 혼마 창의 경우처럼.

애초에 남궁세가와 만무회, 또 신화밀교의 낙양 신터 현학원을 마맹을 이용해 공격한 것은 정천과 마천이 움직이게 만들기 위함이었다.

자신들의 예상과 다른 무림 상황을 만들면 분명 그들도 평소 움직임과 다른 움직임을 보일 것이고, 그때 허점을 드러낼 것이란 판단이었다.

그리고 정천은 그 예상대로 움직였다.

갑작스러운 북두산문의 방문이 그것이었다.

겨우 다섯 명의 심복만 데리고 움직이는 정천이라면, 제대로 그물을 짜면 단번에 제압할 수 있었을 것이다.

그러나 이번에는 그 기회를 놓쳤다.

명안 이조의 소식이 천화산 십이천문의 나왕에게 전해지는 시간이 너무 길었던 것이다.

나왕과 사송이 북두산문에 도착했을 때는 이미 명안 이조가 북두산문에 들어가고 난 후였다.

더 걱정은 이런 식이면 앞으로 이천을 제압하는 것이 쉽지 않을 거란 것이었다.

한발 늦는 정보는 언제나 좋은 기회를 놓치게 한다.

"후우……."

어둠 속을 걸어 북두산문의 장원으로 향해 가면서 나왕이 이런저런 걱정에 한숨을 내쉬었다.

"미련을 버립시다."

사송이 나왕의 속마음을 알고 있다는 듯 말했다.

"마음만 먹으면 북두산문에서 끝을 볼 수도 있을 텐데……."

나왕이 중얼거렸다.

"무리한 일이지요. 천하에 소문이 퍼지는 것은 삽시간. 북두산문은 무림의 대영웅이자 현자를 죽였다는 오명을 뒤집어쓰고 순식간에 몰락할 겁니다. 진실이 알려진다 한들 믿는 자와 믿지 않는 자로 나뉠 것이고… 역시 혼마 창처럼 일단은 조용히 그자들을 제압해 만인이 보는 앞에서 자신들의 실체를 토설하게 만들어야 제대로 일이 끝날 것이오."

"음… 그렇긴 하지만 그런 기회가 쉽게 오겠소?"

나왕이 걱정스러운 표정으로 말했다.

"뭐… 그도 아니라면 결국 쥐도 새도 모르게 죽이는 수밖에. 이 일이야말로 천운에 맡기는 수밖에 없지 않겠소?"

"후우……."

나왕이 다시 한숨을 쉬었다.

그러자 사송이 조금 걸음을 빨리하며 말했다.

"일단 서둡시다. 그자가 무슨 말을 하는지 직접 듣는 것이 좋지 않겠소?"

사송은 명안 이조가 북두산문에 하는 제안을 직접 듣고 싶었다.

사람의 말이란 것이 전해 듣는 것과 직접 듣는 것은 같은 말이라도 전혀 다르게 해석될 수 있었다.

특히 명안 이조와 같이 노련한 인물이 내뱉는 말은 더더욱 그러했다.

북두산문의 장원을 조용히 통과하는 것은 어렵지 않았다.

아니, 오히려 자기 집에 들어가는 것만큼이나 쉬운 일이었다.

청동으로 만들어진 청풍회의 신패 하나면 모든 것이 해결되기 때문이다.

신패를 보이자 북두산문의 무사가 정중하게 두 사람을 장원 안으로 안내했다.

새로 지어진 문주전의 비밀스러운 공간으로 이동하자 그곳에서 백완이 두 사람을 기다리고 있었다.

"어서 오세요."

백완은 조금 상기되어 있었다.

그것이 나왕의 방문 때문인지 아니면 명안 이조의 방문 때문인지는 알 수 없었지만, 다른 때와 달리 약간 흥분한 상태인 것은 분명했다.

"생각보다 일찍 다시 뵙게 되었소."

나왕이 가볍게 미소를 지으며 말했다.

"그러게요. 그런데 사실 놀랐어요. 어떻게 그가 이곳에 온다는 걸 아셨죠?"

백완은 명안 이조와 거의 동시에 북두산문에 도착한 나왕의 행보가 놀라운 모양이었다.

"그 아이로부터 소식이 왔소. 그래서 문주께도 소식을 전할 수 있었던 것이오."

"그렇군요. 역시 적 소협이… 아무튼 미리 전갈을 주셔서 당황하지 않고 그를 맞을 수 있었어요. 만약 미리 알지 못했다면 크게 당황해서 그에게 의심을 샀을 거예요."

이미 명안 이조의 정체를 알고 있는 백완이다.

그런 상태에서 갑작스레 명안 이조의 방문을 받았다면, 그녀로서는 평정심을 유지하기 힘들었을 것이다.

그렇게 되면 노련한 명안 이조의 의심을 사는 것은 필연적이다.

"그는 만나보셨소?"

"일단 오늘은 가볍게 인사만 했어요. 내일 그가 방문한 이유를 듣기로 했지요."

"흠… 대체 왜 왔을까요?"

사송이 두 사람 사이의 대화에 끼어들었다.

"남궁세가의 일과 관련이 있을 것 같기는 한데……."

나왕도 확신할 수 없는 일이다.

명안 이조가 남궁세가를 거쳐 북두산문에 왔으니 분명 남궁세가가 마맹의 공격을 받은 일과 연관이 있을 터였다.

"그간의 일들을 생각해 보면 남궁세가와 명안 이조는 특별한 관계를 맺어온 것이 분명해요. 그런데 이번 마맹의 공격으로 남궁세가가 명안이 부탁하는 일을 할 수 없게 된 것이 아닐까요?"

백완이 침착하게 말했다.

"지금으로선 그렇게 생각할 수밖에 없소. 다만 그가 남궁세가에 부탁한 일들이 어떤 것인지 그게 궁금한 거지요."

사송이 말했다.

"일단 들어봅시다. 그리고… 만약 그가 어떤 은밀한 제안을 하면 일단은 수락하는 것이 좋겠소."

나왕의 백완을 보며 말했다.

"수락하라고요? 완곡하게 거절하는 것이 아니라?"

백완이 놀란 표정으로 물었다.

"그렇소. 그렇게 되면 그에게는 또 하나의 허점이 생기게 될 것이오."

"하지만 그렇게 되면 그가 부탁하는 일을 해야 할 텐데요. 그 일들이……."

"난 이 싸움에서 북두산문을 위험에 빠뜨릴 생각이 없소."

나왕이 단호하게 말했다.

적어도 북두산문이 명안 이조의 부탁으로 인해 곤란한 지경에 처할 일은 없을 거란 걸 약속한 것이다.

"그렇긴 하지만……."

그래도 백완으로서는 걱정스러울 수밖에 없었다. 무림의 일이란 게 말처럼 쉽게 진행되지 않기 때문이다.

"그가 무리한 부탁을 하면 그땐 다시 그에 맞게 대책을 마련하겠소."

나왕이 자신 있게 말했다.

확고한 나왕의 태도가 백완을 그나마 안심시킨 듯했다.

"알겠어요. 그를 상대하는 일은 불사 대협의 뜻에 따르지요."

"고맙소."

"그럼 오늘은 이만 쉬시고 내일 그의 말을 들어보시죠."

"우리가 그의 말을 들을 수 있겠소?"

나왕이 물었다.

"당연하지요. 설마 제 문주전에 밀실 하나쯤 없겠어요?"

백완이 빙그레 미소를 지었다.

새로 지어진 북두산문의 장원은 이전의 장원보다 훨씬 단단하고 정교했다.

규모는 이전과 크게 다를 바가 없었으나 외적의 침입을 막기 위한 장치들이 이전보다 훨씬 많았다.

건물과 건물 사이의 내담은 물론이고, 건물 내에도 여러 개의 밀실과 비도가 만들어져 있었다.

아침이 밝자 나왕과 사송은 그 밀실들 중 한 곳으로 이동했다.

"이것 참, 내 별호가 자왕이라지만 오늘은 어쩔 수 없이 쥐새끼 노릇을 해야겠군."

좁은 통로를 통해 밀실로 들어가며 사송이 투덜거렸다.

"대단하구려."

나왕이 사송의 불평에는 관심을 두지 않고 다른 말을 했다.

그러자 사송도 고개를 끄떡였다.

"맞소. 정말 대단한 것 같소. 누가 이런 설계를 했을까?"

사송이 고개를 갸웃했다.

두 사람이 감탄하는 것은 새롭게 건축된 북두산문의 건물들과 그 하부의 비밀스러운 공간들이었다.

수백 년에 걸쳐 만들어졌을 것 같은 미로와 밀실들이 단 일 년 사이에 만들어졌다는 것을 도저히 믿을 수 없었다.

특히 거대한 문주전 아래의 공간들은 한 치의 오차도 허용하지 않는 설계가 필요했다.

거대한 건축물 아래에 이런 공간을 만들려면 건물 하중을 버티는 구조를 완벽하게 설계해야 하기 때문이었다.

"강호에 생각나는 사람이 있소?"

나왕이 물었다.

"글쎄올시다. 달리 생각나는 사람은 없는데. 나중에 한번 물어봅시다."

가장 빠른 방법은 백완에게 물어보는 것이다.

"그래야겠구려. 우리 일에도 도움이 될지……."

"음, 어쩌면 그렇기도 하구려."

사송도 고개를 끄떡였다.

그사이 두 사람은 백완이 말한 밀실에 도착했다.

그곳에 들어서는 순간부터는 두 사람 모두 입을 닫았다. 서로에게 필요한 대화는 눈빛과 수화로서 해결해야 하는 공간이었다.

밀실의 벽에는 작은 구멍들이 뚫려 있었다.

구멍을 통해 밖을 볼 수는 없지만, 문주 백완의 집무실에서 하는 말들은 고스란히 들을 수 있었다.

두 사람은 편하게 자리를 잡고 앉아 명안 이조가 백완의 집무실에 들어오기를 기다렸다.

명안 이조의 표정은 무척 심각했다.

어떤 면에서 보면 마치 생각지도 못한 일을 당한 것처럼 긴장한 듯도 보였다.

새롭게 만들어진 북두산문의 장원을 걸으며 변한 그의 표정이었다.

놀라운 능력을 발휘해 북두산문을 재건하기는 했지만, 그래도 여인이라는 한계가 있을 거라 생각했다.

그래서 그녀를 다루는 일에 대해 그리 걱정하지 않았던 명안 이조였다.

그런데 날이 밝고 백완을 만나러 문주전을 향해 가는 동안, 그는 어쩌면 자신이 백완에 대해 잘못 생각하고 있는 건지도 모른다는 생각을 하게 되었다.

단 일 년, 백가산 자락의 북두산문 장원을 재건한 지 단 일 년이다.

그런데 그가 걷고 있는 북두산문의 장원은 마치 수백 년 축적된 힘이 숨겨진 곳처럼 느껴졌다.

급히 재건한 장원임에도 불구하고 내부의 길을 모르는 사람이 들어오면 금세 길을 잃고 걸음을 멈춰야 할 정도로 복잡했다.

외부 적의 침입을 막기에 거의 완벽한 구조인 것이다.

"후우……."

명안 이조가 나직하게 숨을 내쉬었다.

이런 장원을 일 년 안에 만들어낼 정도라면 백완에 대한 그의 평가는 달라져야 한다.

상대에 대한 평가가 달라지면 그녀를 상대하려던 계획 역시 변해야 했다.

그런데 지금은 그럴 만한 시간이 그에게 없었다.

아무리 노련한 명안 이조라도 문주전에 도착하는 그 짧은 시간에 새로운 계획을 완벽하게 만들어낼 수는 없었다.

자연스레 한숨이 나올 수밖에 없는 상황이었다.

그러는 사이 어느새 문주전이 그의 눈앞에 서 있었다.

"문주님, 귀인께서 오셨습니다."

명안 이조를 안내해 온 백완의 늙은 유모 무령댁이 나직하게 입을 열었다.

그러자 문주전의 문이 열리면서 백완이 걸어 나왔다.

명안 이조라면 천하의 그 누구라도 이렇게 문밖에 나와 마중해야 한다.

"어서 오세요, 어르신. 잠자리는 편하셨는지요?"

백완이 정중하게 이조를 반겼다.

"허허, 천하제일가의 장원은 확실히 다르더이다. 아주 오랜만에 편하게 잠이 들었소. 혈풍강호의 걱정조차 잊히더이다."

명안 이조가 사람 좋은 미소를 지으며 대답했다.

하지만 그 미소와 대답 속에 내포된 의미가 적지 않았다.

북두산문이 천하제일가였던 시절은 이미 백 년 전, 백초산이 사라진 이후 그 누구도 북두산문을 천하제일가라 칭하지 않았다.

그건 명안 이조 역시 마찬가지였다.

그런데 새삼스레 북두산문을 천하제일가라 칭하고, 그 잠자리가 강호 걱정을 잊을 만큼 편했다고 하는 것은 북두산문에게 난세의 강호에서 큰 역할을 해달라는 의미와 같았다.

영민한 백완이 그의 말뜻을 모를 리 없었다.

하지만 백완은 자신의 마음을 겉으로 드러내지 않고 미소로 화답했다.

"아주 오래전 본 가가 그렇게 불릴 때도 잠시 있었지요. 어르신께서 본 가의 체면을 생각해 그리 말씀해 주시니 고마울 따름입니다. 하지만 이미 백 년이나 지난 일, 지금은 그저 일가의 사람들을 보존하는 것으로 만족하고 살고 있습니다."

"무슨 겸양의 말씀을! 최근 들어 북두산문의 성세가 백 년 전의 영화를 재현하고 있다는 평이 파다하오."

"호호, 그런가요? 역시 강호의 사람들은 부풀려 말하기를 좋아하는군요. 일단 안으로 드시지요. 차를 준비했습니다. 드시면서 본 문의 앞날에 대한 어르신의 고견을 청해 듣겠습니다."

백완이 웃음을 지으며 말했다.

노련한 명안 이조의 말을 심각하지 않게 받아내는 백완이다.

그런 백완을 잠시 바라보던 명안 이조가 고개를 끄떡였다.

"그럽시다. 늙으니 서 있는 것도 힘들구려. 역시 천하의 일은 젊은 사람이 맡아야 하는 법인 것 같소."

한마디 말도 허투루 하지 않은 이조다.

그런 이조를 백완이 문주전으로 안내했다.

백완의 문주전은 밖에서 보는 것과 달리 그리 넓지 않았다.

그건 곧 문주전과 연해 제법 많은 밀실들이 존재한다는 의미다.

명안 이조의 얼굴에 계속 감탄의 빛이 떠올랐다.

"좋은 거처를 만드셨구려."

백완이 권하는 대로 자리를 잡고 앉은 명안 이조가 말했다.

"어르신의 눈에 좋게 보인다면 성공이군요."

백완이 얼굴에서 미소를 지우지 않고 말했다.

"재주가 있는 사람을 얻은 모양이오."

"운이 좋았습니다."

"그가 누군지 알 수 있겠소?"

시험일 수도 있었다.

본래 어떤 가문이든 자신의 가문을 설계한 사람은 비밀에 부치게 마련이다.

설계한 사람이 외부에 알려질 경우 그 사람을 통해 각 문파의 구조가 고스란히 드러날 수 있기 때문이었다.

그런 면에서 보면 명안 이조의 질문은 북두산문에 대한 무례일 수도 있었다.

하지만 백완은 서슴없이 대답을 했다.

"백산 어른께서 수고를 해주셨지요."

"아, 백산!"

명안 이조가 놀란 표정을 지었다.

"아시는군요."

"음… 다른 사람은 몰라도 난 그를 아오. 황성의 건축을 맡았던 인물을 어찌 모르겠소."

"역시 명안이시군요. 백산께서 황성의 일부 설계를 맡은 건 극비 중의 극비의 일인데……."

백완의 말에 명안 이조의 얼굴이 살짝 굳었다.

생각해 보면 자신이 너무 많은 것을 이야기한 것일 수도 있었다.

백완의 말처럼 백산 모청이 설계를 맡아 황궁의 일부를 재건축한 일은 철저한 비밀이었다.

일개 문파의 구조도 비밀인데 하물며 황제의 거처에 대한 것이었다.

그런데 명안 이조는 백산 모청이 그 일을 했다는 것을 당연히 알고 있다는 듯 말했던 것이다.

그 말은 그가 황궁에까지 관심을 가지고 있다는 뜻이다.

그리고 그건 평소 강호에 알려진 명안 이조의 행보와는 확실히 다른 것이었다.

"평소 취미처럼 기관진식을 공부하다 보니 그 방면의 대가인 백산에 대해 알게 되었던 것이오."

명안 이조가 변명하듯 말했다.

"그러셨군요. 하긴 어르신과 같은 분들은 다방면에 탁월한 능력을 가지고 계시는 것이 보통이지요."

백완이 가볍게 미소를 지으며 대답했다.

명안 이조에 대해 별다른 의구심을 갖지 않은 것 같은 모습이다.

그러자 명안 이조의 표정이 다시 부드러워졌다.

"아무튼 백산의 도움이 있었다 해도 단시간에 이런 장원을 만들어낸 것을 보니 문주께서는 정말 천하제일가의 후손이 분명하시구려."

"과찬이십니다. 욕심이 조금 과해서 한동안 힘에 부치는 시간을 보냈습니다."

"하긴… 막대한 재력이 필요한 일이니. 혹 내가 도와드릴 일이 있을지 모르겠구려. 어려운 일이 있으면……."

명안 이조가 부드럽게 제안했다.

그러자 백완이 고개를 저었다.

"그리 말씀해 주시니 감사합니다. 하지만 지금은 사정이 그나마 좋아졌어요. 물론 강호의 일이니 아시겠지만, 얼마 전 과거 본 가의 재물과 상권을 탈취해 간 용가장의 죄를 물었어요. 그리고 그 재산을 몰수했지요. 덕분에 본 문의 재력에도 숨통이 조금 트였습니다."

"아, 용가장의 그 일……"

이조도 용가장이 북두산문에 의해 몰락했다는 것은 이미 알고 있었다.

정천을 자부하는 이조다. 그 일을 모를 리 없었다.

"역시 알고 계시는군요."

"마맹이 도발을 시작한 이후 이 늙은이도 강호의 소식에 귀를 열고 있소이다."

"그러시겠지요. 누가 뭐래도 어르신께서는 정도의 중심이십니다. 무림맹을 만든 것도 어르신이시고. 이제 다시 십육마문의 후예들이 준동을 하니 무림은 어르신께 도움을 청할 수밖에 없지요."

백완이 정색을 하며 말했다.

그러자 명안 이조가 어두운 표정으로 대답했다.

"후우, 그래서 걱정이오. 난 늙었고, 강호 전면에 나서 마도의 무리들과 싸우기에는 기력과 열정이 부족하오. 그럼에도 불구하고 지난 이십여 년간 구패는 자신들의 이익에 몰두해 마맹의 발호에 맞서 싸울 인재 하나 제대로 키워내지 못했으니……."

"세력은 강대해졌으나 인재는 사라졌지요."

백완이 명안 이조의 말에 동의했다.

"강호의 대무인이나 기인이사는 고난을 통해 성장하게 마련인데, 구패는 이십 년간 안락한 군림의 시기를 보냈으니 그들 중에서 강호를 구원할 대영웅이 나오길 어찌 기대하겠소."

"그래도 찾아보면 사람이 없을까요. 물론 명안 어른께서 건재하시니 굳이 다른 사람을 찾을 것도 없겠지만……."

백완이 이조에 대한 강한 믿음을 드러냈다.

그러자 이조가 불쑥 물었다.

"문주는 어떠시오?"

"…무슨 말씀이신지?"

백완이 되물었다.

"문주께서 무림의 구원자가 되시는 것은 어떠한가 물은 것이
오."

명안 이조가 직설적으로 물었다.

"제가 어찌… 전 감히 그런 일을 감당할 능력이 되지 못합니
다. 하물며 아녀자의 몸이고. 본 문은 이제 겨우 재기를 시작한
터라 세력도 다른 구패에 비해서는 미미하지요."

"아니오. 문주는 충분히 자격이 있으시오. 무엇보다 천하제일
가의 현 문주이시고, 지난 몇 년간 스스로 그 능력을 증명하지
않으셨소이까? 그 외의 조금씩 부족한 부분은 내가 뒤에서 돕겠
소. 문주께서 무림맹의 전면에 나서서 마맹과의 싸움에 앞장서
주시구려. 그렇게 되어 이번 정사대전이 승리로 끝난다면 북두
산문은 다시 백 년 전처럼 천하제일가로 우뚝 서게 될 것이오.
나 명안 이조가 돕겠소."

이조가 단호하고 강렬한 열정을 가지고 백완에게 거대한 제
안을 했다.

천하제일가. 누군들 심장이 흔들리지 않을까.

하지만 그중에서도 백완에게는 더욱 특별하다.

그녀 자신이 경험한 것은 아니지만, 그녀의 가문이 백 년 전에

가졌던 명예로운 이름이기 때문이다.

그녀의 인생은 바로 그 천하제일가를 향한 여정으로 점철되어 있다.

그 천하제일가를 이룰 수 있는 기회를 주겠다는 사람이 나타난 것이다.

그녀가 명안 이조의 진실한 신분을 몰랐다면 오히려 덤덤할 수도 있었다.

그러나 그녀는 이조가 정천임을 알고 있다.

그래서 더욱 유혹적인 말이다.

그런 유혹 뒤에 숨어 있는 무서움 또한 잘 알고 있는 백완이었다.

일이 잘되면 천하제일가라는 명예를 얻지만 결국 명안 이조의 꼭두각시 노릇을 할 것이고, 결과가 나쁘면 그에게 이용만 당하고 버림받게 될 것이다.

하지만 상관없었다. 그녀에게도 이미 불사 나왕과 세운 나름의 계획이 있기 때문이다.

어쨌거나 천하제일가. 백완의 기분을 좋게 해주는 말이다.

"이 말씀을 하시러 본 문에 오셨군요."

"맞소이다. 마맹과의 싸움에 앞장설 사람을 찾고 있었소. 과거와 달리 강호에는 영웅이 흔치 않으니……."

"남궁세가에 다녀오시지 않았나요?"

백완이 되물었다.

순간 명안 이조의 얼굴이 굳었다.

대체 백완이 자신이 남궁세가를 거쳐 이곳에 온 것을 어찌 알고 있는지 이해가 되지 않는 모양이었다.

분명 그는 극비리에 움직였다.

남궁세가에 들어갈 때와 나올 때 모두 밤이었다.

그리고 남궁세가에서 북두산문으로 오는 중에도 크게 게으름을 피우지 않았다. 물론 바쁘게 서둔 것도 아니지만.

그런데 백완은 자신이 남궁세가를 다녀왔다는 것을 알고 있었다.

놀라지 않을 수 없는 일이었다.

"대체… 그 일을 어찌 알고 있소?"

잠시 침묵하던 명안 이조가 물었다.

의심을 지우지 못하는 표정이다.

"마침 남궁세가 인근에 본 문의 문도 몇이 머물렀지요."

"음… 그런 이야기는 못 들었는데?"

"물론 세상에 알려진 행보는 아니었어요."

"이유를 물어도 되겠소?"

마치 취조하는 듯한 물음이다.

그러나 백완은 눈빛조차 변하지 않았다.

"남궁세가가 마맹의 공격을 당했다고 하기에 어떤 지경인지 살피기 위해 사람을 보냈지요. 사실 강호의 문파라면, 그것도 구패라면 당연한 일 아닐까요? 아마 본 문뿐 아니라 다른 구패들도 남궁세가의 사정을 알아보기 위해 사람을 보냈을 겁니다."

"아…….."

한순간 명안 이조가 나직하게 탄식했다.

이 간단한 이치를 왜 몰랐을까 하는 표정이다.

백완의 말이 옳았다.

아마도 현재 남궁세가 주변에는 구패에서 파견한 무인들이 은밀하게 활동하고 있을 것이다.

구패는 무림맹이라는 하나의 조직으로 뭉쳐 있지만, 그 안에서는 치열하게 패권 다툼을 하고 있었다.

그러니 큰 변고를 겪은 남궁세가 인근에 사람을 보내지 않을 리 없다. 그리고 그렇다면, 어쩌면 다른 문파들도 명안 이조가 남궁세가에 들른 것을 알고 있을 수 있었다.

그 자체가 심각한 일은 아니지만 자신의 행적을 너무 쉽게 노출했다는 것을 자책할 수밖에 없는 명안 이조였다.

다른 때였다면 상상할 수 없는 일이다.

그 자신이 강호의 전면에 내세우려던 남궁세가가 마맹의 급습에 당한 것에 놀란 나머지 평소의 침착함을 잃어버렸던 것이다.

"남궁세가의 사정이 많이 안 좋은가 보군요. 제게 하신 제안을 가장 먼저 남궁세가에 하셨겠지요?"

백완이 명안 이조의 변화에는 관심이 없는 척 질문했다. 자칫 지나친 관심으로 그의 경계심을 불러일으킬 수 있기 때문이다.

"음, 그렇소. 그리고 솔직히 말해 문주의 말이 맞소."

명안 이조가 얼른 황망한 정신을 수습하고 침착하게 백완의 말을 인정했다.

사실 거짓말을 할 이유도 없었다.

어쨌든 누군가는 마맹과의 싸움에서 주도적으로 무림맹을 이끌어야 하기 때문이었다. 거의 명예직에 가까운 삼총관의 힘은 한계가 있었다.

"왜 남궁세가 다음이 본 가일까요? 소림과 무당도 있고, 또 산 동악가도 있는데……."

백완이 혼잣말처럼 물었다.

그러자 명안 이조가 잠시 침묵을 지키다가 무거운 음성으로 대답했다.

"그건 문주께 야망이 있다고 봤기 때문이오."

"야망… 물론 있지요. 하지만 구패 중 누가 야망이 없을까요?"

"소림과 무당, 그리고 화산은 산중의 문파들이라 체면상 표면 적으로는 패도의 길을 걸을 수 없소. 남궁가는 한순간에 세가 죽었고, 다른 문파들은 자신의 안위를 걱정할 뿐 천하제일을 위 해 패를 던질 배포가 없다고 판단했소."

명안 이조가 자신이 백완을 찾아온 이유를 명료하게 설명했 다.

군더더기 없는 이유여서 백완이 반박할 수도 없었다.

"후우… 저 역시 그리 배포는 크지 않지요."

겨우 이 정도가 백완이 보일 수 있는 최대한의 반발이다.

"물론 위험한 일이기는 하오. 하지만… 내가 약속하리다. 나 명안 이조가 뒤에 있는 이상 북두산문은 건재할 것이오. 또한 결국 천하제일가로 다시 우뚝 서게 될 것이오. 때가 되면 무굴산 무림맹 삼대조직이 북두산문을 따르게 될 것이오. 그리되면 그 누구도 문주를 위협할 수 없을 것이오."

"무림맹 삼대조직까지요?"

백완이 놀란 표정으로 되물었다.

무림맹 삼대조직이라면 신웅조와 법당, 그리고 영웅대를 일컫
는 말이다. 현 무림맹 전부라고 할 수 있었다.

"그렇소. 내 책임지고 그들을 움직이겠소."

명안 이조가 확신에 찬 목소리로 말했다.

"음……."

백완이 무거운 침음성을 흘리며 고민에 잠겼다.

명안 이조는 그런 백완을 바라보며 인내심을 갖고 기다렸다.

　얼마간의 침묵 끝에 백완이 입을 열었다.

"오늘 답을 들으셔야겠지요?"

"그렇소. 마맹의 행보가 심상치 않으니……."

"제일 먼저 뭘 할까요?"

백완이 물었다.

"승낙하는 것이오?"

명안 이조의 얼굴에 희색이 떠올랐다.

　할 일을 묻는다는 것은 자신의 제안을 허락한다는 뜻이다.

"대의명분, 일이 끝난 후의 대가, 그리고 천하에서 가장 현명
한 분의 후원… 해볼 만한 도박이지요."

백완이 대답했다.

"하하하, 과연 여장부시오. 고맙소. 무림은 반드시 북두산문의
공적을 잊지 않을 것이오."

명안 이조가 백완의 결단을 칭송했다.

　그러자 백완이 고개를 저었다.

"사실 무림의 칭송 같은 것은 의미가 없지요. 별반 필요도 없

고요. 과거 조부께서는 고금제일검으로 칭송받았지만, 결국 본가는 몰락의 길을 걸었으니까요. 저로서는 무림의 칭송보다는 확실한 대가가 필요합니다."

백완이 냉철하게 말했다.

"물론 내가 할 수 있는 한 최선을 다하겠다고 약속하겠소."

명안 이조가 고개를 끄떡였다.

"좋아요. 다시 여쭐게요. 무엇부터 할까요?"

백완이 다시 물었다.

그러자 명안 이조가 신중하게 대답했다.

"지금 당장 급히 할 일은 없소. 다만, 마맹이 나의 예상과 다르게 움직였기에 그들과의 싸움을 다시 나의 계획대로 이뤄지게 만드는 작업이 필요하오."

"본래의 계획이시라면……?"

백완이 물었다.

"건곤일척, 한 번의 정면 대결로 정사대전을 끝내는 것이 본래 내 계획이었소. 그것이 무굴산이 되었든, 백마산이 되었든."

"백마산이요?"

백완이 되물었다.

물론 이미 불사 나왕을 통해 마맹의 본거지가 감숙 농남 남쪽의 백마산이라는 사실을 알고 있었지만, 적어도 명안 이조 앞에서는 그 사실을 몰라야 하는 백완이다.

"그렇소."

"그곳에 뭐가 있죠?"

"그곳이 바로 마맹의 본거지요."

"아……."

백완이 그 사실을 어떻게 알았냐는 듯 감탄의 시선으로 명안 이조를 바라봤다.

그러자 명안 이조가 웃으며 말했다.

"나에게도 내 일을 도와주는 사람들이 있소."

"함께 오신 분들 같은 경우군요."

"그렇소."

명안 이조가 북두산문을 방문할 때 동행한 다섯 명의 무인들은 하나같이 절정의 기도를 가지고 있었다.

백완 같은 고수의 눈에 그런 무인들이 눈에 들어오지 않을 리 없었다.

"무림에 알려진 것과는 다르시군요."

무림에 명안 이조는 어떤 세력도 가지고 있지 않다고 알려져 있었다.

"날 돕는다고 해서 그들이 내 세력은 아니오. 단지 마맹이 준동을 시작한 이후 조용히 날 도울 사람을 몇 명 모았을 뿐이오. 이름하여… 천객들이라 부른다오."

"천객이라… 이름부터 대단하게 느껴지는군요."

"모두 재주 있는 사람들이오. 그런 사람들이기에 벌써 마맹의 본거지를 알아낸 것이오."

"그곳으로 천하의 힘을 몰아갈 생각이신가요?"

"말했지만 방법은 두 가지요. 무굴산으로 그들을 불러들이든, 아니면 우리가 백마산으로 그들을 몰아가는 것. 문주시라면 어느 쪽을 택하시겠소?"

이조가 수수께끼를 내는 사람 같은 모습으로 물었다.

그러자 백완이 잠시 생각에 잠겼다가 대답했다.

"백전백승의 계는 그들을 끌어들이는 것이겠지요. 그렇게 되면 설혹 무굴산에서 승부를 보지 못한다 해도 천하 각지에 퍼져 있는 무림맹의 문파들을 이용해 천라지망을 펼칠 수 있을 테니까요. 하지만……."

"하지만?"

이조가 백완의 말을 재촉했다.

"그 계책은 절대 성공할 수 없을 것 같군요. 마맹에는 혼마 창이 있다고 들었어요. 그가 과연 무굴산에 오는 모험을 하겠어요? 공성은 세 배의 전력이 필요하다고들 하지요. 그러나 현재 마맹의 세력은 무림맹에 미치지 못합니다. 당연히 그가 마맹의 마두들을 모아 스스로 무굴산으로 오는 일은 없을 겁니다."

"바로 보았소. 그래서 남은 방법은 그들을 백마산에 몰아넣고 일망타진하는 것이오."

"그게 가능할까요?"

백완이 회의적인 표정으로 물었다.

현재 무림은 천하 각지에서 준동하는 마도의 무리로 골머리를 앓고 있었다.

그런데 어떻게 그들을 본거지인 마맹으로 몰아넣을 수 있단 말인가.

당장 무림맹이 천하의 영웅들을 모아 백마산으로 간다는 것이 알려지면 그 즉시 백마산의 마인들은 사방에서 발호해 무림맹의 전력을 흩뜨리려 할 것이다.

그렇다고 마맹을 공격하기 위해 모인 수천이 고수들이 은밀히 움직이는 것도 불가능했다.

백완의 명안 이조의 계획에 의문을 갖는 것은 당연했다.

하지만 이조는 담담했다.

자신의 계획에 확신이 있는 표정이었다.

"정의대를 동원해 볼 생각이오."

백완의 반문에 이조가 침착하게 대답했다.

"정의대……."

백완이 말꼬리를 흐렸다.

정의대는 마맹이 준동하기 시작하자 무림맹에서 급히 만든 조직이다.

그러나 정의대는 이름은 있지만, 실제로 제대로 모습을 보인 적이 없는 조직이었다.

현재로서는 가상의 조직이라 해도 무방했다.

정의대는 무굴산 무림맹에 있는 조직이 아니다.

평시에는 각 파에 머물다가 필요에 의해 호출이 있으면 정의대에 이름을 올린 각 파의 고수들이 하나의 조직으로 모여 마인들을 사냥했다.

제대로 작동하기만 하면 천하를 완전히 장악할 수도 있는 조직.

그러나 그 정의대는 현 상태로 보면 시작도 하기 전에 실패한 조직이나 다름없었다.

남궁세가와 만무회가 공격당할 때 정의대가 제대로 작동하지 않았기 때문이다.

물론 그 이유 중에는 남궁세가나 만무회의 오만함도 있었다.

그들은 굳이 정의대를 소환하지 않아도 자신들의 힘으로 자파를 공격한 마도의 무리들을 물리칠 수 있다는 오만함에 빠져 있었다.

그 오만함으로 인해 마맹의 기습에 여지없이 당했지만, 사실 그 이후에라도 정의대가 소집되었어야 했다.

만약 정의대가 제대로 소집되었다면 남궁세가와 만무회를 공격한 마도의 무리들에게 제대로 된 반격을 가할 수도 있었을 것이다.

그러나 정의대는 소집되지 않았다.

무림맹의 각 문파들이 자파의 안위를 위해 고수들을 내놓지 않을 것으로 이미 예상됐기 때문이다.

그러니 결국 현 상황에서 정의대는 유명무실한 조직이었다.

그런데 명안 이조는 바로 그 정의대를 이용해 마맹을 백마산 상천곡으로 몰아넣겠다고 말하고 있었다.

백완으로서는 당연히 의문을 가질 수밖에 없는 계획이었다.

"정의대가 제대로 소집될 수 있을까요?"

백완이 재차 의문을 드러냈다.

그러자 명안 이조가 말했다.

"시작이 어려울 뿐이오."

"시작이라……."

"무림맹에서 각지의 정의대 소집을 요구한 후, 어느 누가 먼저

솔선수범해 그 소집에 응한다면 다른 문파들도 정의대의 소집에 응하지 않을 수 없을 것이오."

"하지만 그렇게 되면 또다시 각 문파에 대한 마도의 공격이 있지 않을까요?"

"그게 바로 내가 정의대를 이용하려는 이유요. 아시다시피 정의대는 무굴산에 모이지 않소. 강호무림의 각 지역별로 나뉘어 모이게 되어 있지 않소이까? 그렇다면 마맹의 무리들도 감히 어느 한 문파를 공격하지 못할 것이오. 근방에 존재하는 정의대가 즉각적으로 반응할 것이니 말이오."

"그렇긴 하군요… 물론 여전히 위험이 있기는 하지만……."

"물론 소소한 문파들은 공격을 받을 수 있소. 하지만 그런 희생은 대의를 위해 어쩔 수 없지 않겠소?"

그 순간 백완은 다시 한번 명안 이조가 절대삼천의 일인이라는 사실을 실감했다.

평소와 달리 사람의 목숨을 중요치 않게 생각하는 본심을 은연중에 드러낸 것이다.

"어르신께서는 저희 북두산문이 다른 문파들에 앞서서 정의대 소집에 응하기를 바라시는 것이겠지요?"

"허허, 맞소이다. 모든 일에는 마중물이 필요한 것이라……."

"알겠습니다. 그리하지요."

백완이 시원하게 대답했다.

"허허, 과연 천하제일가의 주인답소이다. 그럼 난 얼른 무굴산으로 가서 삼총관의 이름으로 정의대 소집을 천하 각 파에 요구하겠소. 그때 북두산문이 앞장서서 소집에 응해주시구려."

명안 이조가 만족한 표정으로 말했다.

"알겠습니다. 준비하고 있지요."

백완도 담담한 표정으로 대답했다.

제7장
서막

언제나 시작이 어려운 법이다. 특히 강호무림에서는 더욱 그렇다.

나왕과 사송은 누구보다 그 사실을 잘 알고 있었다.

하지만 일단 시작되면 산비탈을 굴러 내려가는 바퀴처럼 좀체 그 흐름을 바꿀 수 없는 것이 또한 세상의 일이기도 하다.

그래서 강호에서는 간혹 작은 소문 하나가 천하를 피의 구렁텅이로 끌어들였다.

이에 나왕과 사송은 명안 이조의 계획이 전혀 허무맹랑하게 느껴지지 않았다.

화산파나 남궁세가, 그리고 만무회에 대한 놀라울 정도로 대담한 마맹의 공격이 있었지만, 천하는 여전히 무림맹의 시대였다.

세력으로 마맹은 무림맹에 비할 바가 아니다.

정면 대결로 싸움이 이어지면 마맹은 필패다.

그 단순하지만 확실한 사실을 정확히 알고 있는 명안 이조다.

그래서 그는 처음 계획대로 무림맹과 마맹의 건곤일척의 대회전을 여전히 꿈꾸고 있었다.

단지 절정의 순간에 이르는 방법을 새로 찾아야 할 뿐이었다.

그래서 그가 선택한 것이 무림맹 정의대의 발동과 북두산문이었다.

"참, 뛰어난 사람인 것은 맞는 것 같소."

잠시의 침묵 끝에 사송이 말했다.

이미 명안 이조는 백완의 거처를 벗어난 지 오래다.

그럼에도 두 사람의 백완의 문주전 북쪽 벽 뒤에 만들어진 밀실에 남아 있었다.

명안 이조가 말한 정의대 동원과 마맹과의 대회전에 대한 계획을 듣고 이후의 일들을 밀실에서 고심하고 있었던 것이다.

"절대삼천 아니오."

나왕도 사송의 말에 동의했다.

"그렇기는 해도 자신의 계획이 틀어지고 있는 중에, 또 새로운 계획을 만들어내다니……."

"아마도 여러 가지 경우에 대한 대비를 하고 있었을 것이오. 상대가 마천이니까 말이오."

"하긴… 백 가지 수를 생각해야 하는 놀이기는 하오."

사송이 고개를 끄떡였다.

"그나저나 난 그 천객이란 자들이 마음에 걸리는구려."

"이조가 부린다는 자들 말이오?"

"그렇소. 그의 말로는 최근에 얻은 자들이라 하지만, 그럴 리는 만무하고. 오래전부터 천하 각지에 퍼져 이조의 손발 노릇을 하고 있었을 것이오."

"마천 혼마 창도 마영들을 가지고 있지 않소. 밀천이란 자에게도 밀검이라 불리는 자들이 있고. 아무리 대단한 사람도 혼자서는 아무 일도 못하는 법 아니겠소? 그래서 그들 스스로 하늘이라 부르지만 인간인 것이고 말이오."

"하긴 그렇구려. 그리고 인간에게는 누구나 약점이 있지요."

나왕이 뭔가를 생각하면서 중얼거렸다.

그러자 사송의 눈빛이 반짝였다.

"좋은 계획이 생각나신 모양이구려?"

"어쩌면……."

나왕이 말꼬리를 흐렸다.

아직 머릿속 생각이 정리되지 않은 모양이었다.

그때 벽 안쪽, 백완의 문주전 쪽에서 작은 소리가 들렸다.

탁!

문이 닫히는 소리다.

"돌아온 모양이구려."

사송이 말하며 통음구에 귀를 기울였다.

그러자 백완의 목소리가 들렸다.

"두 분은 이제 나오셔도 됩니다."

말과 함께 두 사람이 들어 있던 밀실의 굵고 거대한 벽이 좌우로 열렸다.

스르르!

한 자 가까이 되는 두께를 가진 벽임에도 불구하고 밀리는 소리는 부드럽다.

문밖에서는 도저히 벽이 열리고 있다는 생각을 할 수 없을 만큼 작은 소리였다.

열린 벽 앞에서 백완이 두 사람을 바라보고 있었다.

"후우, 답답하던 차에 잘됐군. 이제 좀 살 만하네."

사송이 크게 숨을 들이쉬며 백완의 집무실로 걸어 나갔다.

백완이 두 사람에게 손짓으로 자리에 앉기를 권하고, 자신도 두 사람의 맞은편에 앉았다.

"말씀하신 대로 하기는 했는데… 어떻게 생각하시나요?"

자리에 앉자마자 백완이 물었다.

나왕의 말대로 일단 명안 이조의 제안에 승낙한 것을 두고 하는 말이다.

한편으로는 기대가, 또 한편으로는 불안감이 느껴지는 백완의 얼굴이다.

평소에는 좀체 보기 힘든 불안감이다.

그만큼 명안 이조의 무게감이 대단하다는 뜻일 것이다.

어쩌면 반격의 기회조차 잡지 못하고 명안 이조의 뜻대로 살다가 북두산문이 한낱 소모품으로 전락해 버릴지도 모른다는 생각도 드는 모양이었다.

"나쁘지 않은 제안 같았소."

"정의대를 소집하는 것이요?"

백완이 되물었다.

명안 이조의 계획은 그가 알고 있는 십이천문의 계획, 정사 간 큰 싸움을 피하고 지루한 공방전을 벌이다가 결국 정사 양도의 양립을 추구하는 선에서 싸움을 끝내려는 것과는 차이가 있는 계획이었다.

"그렇소."

나왕이 대답했다.

"하지만 그렇게 되면 결국 무림맹과 마맹이 정면 대결을 벌이게 될 겁니다."

백완이 굳은 표정으로 말했다.

"내게 한 가지 계획이 있소."

"……?"

나왕의 말에 백완이 침묵으로 물었다.

그러자 나왕이 다시 입을 열었다.

"계책을 짜는 것이야 그가 할 수 있지만 정사대전이라는 것은 결국 무림맹과 마맹의 무인들이 싸우는 것이오."

"그렇죠."

당연한 말이라는 듯 백완이 짧게 말했다.

"그러니 무림맹과 마맹 어느 한 곳에서라도 그 싸움을 회피하면 계획은 틀어지게 되어 있소. 아니, 적어도 시간을 끌 수 있을 것이오. 뭔가를 할 수 있는."

나왕이 말했다.

말속에 그의 계획이 모두 들어 있었다.

"그 말은… 아…….."

백완도 이내 나왕의 생각을 알아챘다.

하지만 역시 명안 이조의 계획만큼이나 위험한 계획이었다.

정사 양도가 조우하는 순간 작은 사건 하나만으로도 큰 싸움이 일어날 것이기 때문이었다.

"그게 가능하겠소?"

사송 역시 나왕이 무슨 생각을 하는지는 알아들었지만, 그 계획의 실현에 대해서는 의문이 드는 모양이었다.

"일단 정사 양 진영을 한데 모으되 우연한 충돌이 일어나지 않을 정도의 거리에서 우리의 또 다른 계획을 시도해 봅시다. 다행이 마맹은 월이가, 무림맹에는 백 문주께서 결국 양 진영을 대표하게 되지 않소이까. 얼마간 시간을 벌 수 있을 것이오."

"음… 그렇기는 하구려. 묘하게도 양 진영을 대표하는 사람이 청풍회에 속한 우리의 사람이구려. 일이 잘되려고 이렇게 된 건지……."

사송이 우연치고는 무척 좋은 상황이라는 것을 깨닫고는 고개를 끄떡였다.

"그럼에도 불구하고 무척 위험한 계획인 것은 아시죠?"

백완은 여전히 나왕의 계획에 내포된 위험을 걱정하고 있었다.

"물론 알고 있소. 아마 내 생각과 달리 정사대전이 벌어질 수도 있을 것이오. 하지만 세상에 완벽한 계획이란 것은 없지 않소."

"그렇긴 하죠."

백완도 동의했다.

세상에 완벽한 계획은 없다. 완벽한 인생이 없듯이…….

이미 그 사실을 오래전에 깨달은 백완이었다.

"그리고 때가 무르익으면 그땐 청풍회의 문파들도 힘을 써봅시다. 정천이나 밀천이 정사 양도의 전면전을 일으키려는 것을 어느 정도는 막아낼 수도 있을 것이오. 아니, 밀천은 걱정이 없겠군. 그는 정사가 일전을 벌여 승부를 내는 것을 원치 않을 테니까."

나왕이 말했다.

"하긴 그래야 밀천이 이 내기에서 이길 테니까요."

백완이 대답했다.

"그럼에도 한 가지 경우에는 그도 큰 전쟁을 원할 것이오."

사송이 경고했다.

"어떤 경우에 말이죠?"

백완이 물었다.

"그가 절대삼천의 시대가 끝났다는 것을 알게 되는 순간이오. 다시 말해 혼마 창이 끝장났다는 것을 알게 되면… 후우, 그자들이 무슨 일을 벌일지 모르겠소. 사실 혼마 창의 장시간 부재를 그들이 의심할 가능성은 언제든 상존하니까…….'"

나왕이 말했다.

"하긴… 그들 간에 모종의 회합 같은 것이 있을 수도 있으니… 서로 천하를 두고 놀이를 하고는 있지만."

사송도 걱정스러운 표정으로 말했다.

"그래서 말인데, 어쩌면 그를 십이천문 밖으로 데리고 나가야 할지도 모르겠소."

나왕이 말했다.

순간 사송과 백완 둘 모두 화들짝 놀랐다.

비록 무공을 완전히 상실했고, 사지를 제대로 쓸 수 없는 혼마 창이지만 그래도 그를 다시 세상에 내놓는 것은 너무 위험한 일이었다.

사실 지금도 그의 머릿속에서 나온 계획에 의해 정천과 밀천을 상대하고 있는 실정이 아닌가.

아주 작은 틈만 보여도 혼마 창은 십이천문의 손에서 벗어날 수 있었다.

"진심으로 하시는 말씀인가요?"

백완이 물었다.

"그렇소."

나왕이 대답했다.

"하지만 그건……."

"앞서 말했지만 완벽한 계획은 없소. 그리고 이번 계획에는 그의 얼굴이 정말 필요할 수도 있소."

"대체 어쩌시려고요?"

백완이 정사 양도를 한데 모아놓고 어떻게 절대삼천을 상대하려는지 나왕의 생각을 모르겠다는 듯 물었다.

"시작도 그들이 했으니 끝도 그들 셋이 함께하게 할 것이오. 그들을… 한자리에 모으겠소."

나왕이 대답했다.

　　　　　*　　　　　*　　　　　*

　　한동안 무림은 조용했다.

　　마맹의 갑작스러운 도발, 남궁세가와 만무회에 대한 기습 이후에 무림은 오히려 그 이전보다도 더 평온했다.

　　천하 각 파는 강호에 나가 있는 자파의 고수들을 속속 불러들였고, 마맹 역시 더 이상이 정파를 공격하지 않았다.

　　그 와중에 낙양 인근에서 일어난 작은 혈사, 유학자들의 장원인 현학원이 누군가에 의해 소멸된 것은 근방 사람들에게나 관심을 끄는 것이었다.

　　그럼에도 불구하고 무림에는 팽팽한 긴장감이 흐르고 있었다.

　　누구라도 싸움이 끝난 것이 아니라 더 큰 싸움 전의 침묵이라는 것을 알고 있었기 때문이다.

　　그렇게 침묵과 긴장이 무림을 장악하고 있을 때, 한 사람의 노인이 조용히 낙양으로 걸어 들어갔다.

　　터벅터벅!

　　초로의 노인은 한 팔이 없었다.

　　그래서 남은 한 팔로 자신의 어깨 높이에 이르는 긴 나무 지팡이를 짚으며 낙양 외곽 작은 반점을 찾아들었다.

　　"흠……."

　　오랜 여행을 했는지 노인이 반점의 식탁 하나를 차지하고 앉으면서 나직하게 힘겨운 듯한 신음 소리를 냈다.

　　어쩌면 노인들 특유의 버릇 같은 소리일 수도 있었다.

"어서 오세요. 뭘 드릴까요?"

젊은 점소이가 재빨리 다가와 노인에게 물을 건네며 물었다.

"소면과 만두… 그리고 차도 한 잔 주지."

노인이 말했다.

"알겠습니다."

점소이가 얼른 대답을 하고는 주방으로 달려갔다.

노인이 점소이가 놓고 간 물을 한 모금 마셨다. 그러고는 고개를 들어 시전 주변을 주욱 둘러보았다.

고풍스러운 낙양의 건물들이 한눈에 들어왔다.

"좋아. 이곳은… 과거를 살고 있는 것 같지만 그래서 좋아. 과거는 언제나 아름답지. 돌아갈 수 없는 시간이기는 하지만……."

노인이 옛 추억을 회상하듯 혼잣말을 중얼거렸다.

"후우… 말을 잘 들어야 할 텐데."

그러면서 또 뜻 모를 말을 하는 노인이다.

노인이 버릇처럼 지팡이를 놓은 한 손으로 팔이 없는 쪽 어깨를 주무르기 시작했다.

"비가 오려나?"

노인이 시선을 하늘로 돌렸다.

검은 구름이 남쪽에서 밀려오고 있었다.

"이놈의 몸은 날씨가 변하면 어김없이 반응을 하는군. 늙어서 그런 건가."

아마도 어깨가 쑤셔오는 것이 비가 오려는 날씨 때문이라고 생각하는 듯했다.

노인은 그렇게 하나 남은 손으로 어깨를 주무르며 음식이 나올 때까지 기다렸다.

"식사 나왔습니다. 오래 기다리셨습니다."
노인의 탁자에 음식을 놓으면서 점소이가 말했다.
그러자 노인이 고개를 저었다.
"뭐, 금세 나왔구먼. 그나저나 심부름 하나 해주겠나?"
"심부름이요?"
"응, 누구에게 내 말을 전해주면 되는데……."
"하지만 지금은 반점이 바빠서……."
"그런가? 아쉽군. 그래도 제법 벌이가 짭짤할 것인데?"
노인이 중얼거렸다.
그러자 점소이가 슬쩍 입맛을 다셨다.
반점의 점소이 노릇으로는 겨우 입에 풀칠이나 한다. 이렇게
가욋돈을 벌 수 있는 기회는 자주 오지 않았다.
점소이가 슬쩍 주방 쪽을 살피며 물었다.
"지금 당장 해야 하나요?"
"그건 아니야. 오늘 저녁까지만 전하면 되네."
노인이 대답했다.
"알겠습니다. 그럼 하지요."
"좋아. 이 서신을 성내 모화루에 가져다주게. 모화루의 루주
에게 전하면 되네."
"모화루의 루주에게요?"
점소이가 노인이 건네는 붉은 봉투를 받아 들며 되물었다.
"음, 그렇게만 하면 돼."

"누가 전하는 것이라고 할까요?"

그러자 노인이 고개를 저었다.

"내 이름을 밝힐 필요 없네. 이 봉투만 보면 그들도 누가 보냈는지 알 테니까. 그리고 이건 심부름값."

노인이 슬쩍 은자 다섯 냥을 점소이에게 밀었다.

순간 점소이의 눈빛이 반짝였다. 단지 서신을 전하는 것으로 은자 다섯 냥은 과한 대가다.

물론 그렇다고 은자를 거절할 생각은 없었다.

"고맙습니다."

점소이가 재빨리 은자와 서신을 호주머니에 챙기고 꾸벅 고개를 숙여 보인 후 노인에게서 멀어졌다.

그러자 노인이 점소이가 가져온 만두와 소면에 눈길을 주었다.

"보자. 맛있겠구나."

노인이 입맛을 다시며 젓가락을 들었다.

*   *   *

마맹에서 마해밀도를 관장하는 마해오객의 한 사람인 홍가군은 자신에게 전해진 한 장의 붉은 봉투를 보며 눈살을 찌푸렸다.

"누가 가져왔다고?"

홍가군이 봉투를 가져온 모화루의 루주에게 물었다.

"성 밖 시전의 삼목반점 점소이가 가져왔습니다."

"누가 전하더란 말은 안 하고?"

"웬 노인이라고 했습니다."

"노인이라……."

"무슨 문제라도……?"

모화루의 루주가 걱정스러운 표정으로 물었다.

그러자 홍가군이 대답했다.

"문제라면 문제겠지. 죽은 사람이 보낸 서찰이니까."

"예?"

"아냐. 됐어. 그만 가봐."

홍가군이 모화루의 루주에게 손짓했다.

그러자 모화루의 루주가 궁금한 표정을 지으면서도 홍가군 앞에서 물러났다.

마해밀도의 동로를 관장하는 홍가군은 자주는 아니지만 상천곡 마맹에 머물 때가 아니면 주로 낙양 성내에 머물렀다.

낙양은 마해밀도 동로의 중심이어서 마해류의 정보를 취합하기 적당한 곳이기 때문이었다.

그녀가 낙양에 머물 때는 낙양 성내의 주루 모화루와 담을 맞대고 있는 작은 장원을 이용했다.

곁에서 보기에는 모화루와 아예 관련이 없는 장원처럼 보이는 곳이다.

그러나 모화루와 홍가군이 머무는 장원은 지하의 비도로 연결되어 있었다.

모화루는 겉으로는 평범한 주루이지만 실제는 마해밀도의 낙양 분타 역할을 하는 곳이었다.

홍가군이 모화루가 인접한 장원에 머무는 것은 그래서 당연한 일이었다.

"죽은 사람이 첩지를 보내 와?"

홍가군이 고개를 갸웃하며 붉은 봉투를 열었다.

그러자 그 안에서 나온 종이에 한 줄의 글이 쓰여 있었다.

(잔금을 받으려 하오.)

"이자가… 미친 걸까? 아니면 누군가의 수작일까?"

홍가군이 고개를 갸웃했다.

붉은 첩지는 천살객 무원이 보낸 것이었다.

본래 마맹 마해밀도에서 관리하는 살수들은 이런 식으로 중개자로 알려진 주불과 연락을 했다.

보통 이런 첩지를 받으면 그 즉시 주불에게 연락을 하는 것이 홍가군의 일이었다.

물론 그 안의 내용이 홍가군에게 비밀은 아니어서 전해진 첩지의 내용은 일차적으로 홍가군이 읽어보곤 했다.

그런데 오늘 받은 천살객의 첩지는 이상한 점이 많았다.

첫째, 그녀가 알기로 천살객 무원은 죽었다.

그것도 신마령주의 손에.

둘째, 죽은 천살객 무원은 마맹을 배신하고 현학원의 대학사 사방유에게 항복했다.

그리고 함께 도주를 하다 신마령주에게 죽었다는 것이 그녀가 알고 있는 천살객 무원의 결말이었다.

그런데 배신자이자 죽은 자인 천살객 무원이 첩지를 보내온 것이다. 그것도 천연덕스럽게 청부에 대한 절반의 잔금을 받겠다는 첩지였다.

미친 자가 아니라면 이런 첩지를 보낼 수 없다.

만약 천우신조로 살아남았다고 해도 세상에 얼굴을 내밀지 말고 조용히 숨어 살아야 정상인 천살객이었다.

그런데 첩지라니…….

"후우… 일단 소식을 전할밖에. 이후의 일은 령주께서 결정하시겠지."

홍가군이 의문이 가득한 표정을 지으면서도 전서구를 날리기 위해 자리에서 일어났다.

*　　　　*　　　　*

"효과가 있군."

이름 없는 황하 변의 작은 마을 객방에 앉아 있던 적월이 빙그레 미소를 지었다.

그의 손에 한 장의 전서가 들려 있었다.

시기도 나쁘지 않았다. 아직 마맹으로 돌아가지 않고 황하 변을 따라 장안 쪽으로 느리게 이동하고 있었기 때문이다.

낙양으로 되돌아가는 것은 그리 오래 걸리지 않을 것이다.

"대체 이게 어찌 된 일일까요?"

마영 천이 물었다.

"뭐가 말인가?"

"천살객 무원이 살아 있다니요. 분명 그는 죽었는데……."

자신의 눈으로 천살객 무원이 적월의 손에 죽는 것을 본 마영천이었다. 그런데 갑자기 천살객 무원의 서찰이 홍가군에게 전해졌다.

마영천으로서는 당황스러운 일이 아닐 수 없었다.

더군다나 그 사실을 전해 들은 적월은 마치 기다리고 있었다는 듯한 표정이었다.

"내가 살려줬어."

적월이 무심하게 말했다.

"예?"

"죽이지 않았다는 말이지."

"하지만 분명 검이……."

"심장을 살짝 비껴 찔렀지."

"아……."

마영천이 탄식을 흘렸다.

그러면서도 도대체 왜 그런 일을 했느냐는 듯 적월을 바라봤다.

"그자가 사방유에게 항복을 했잖아."

"그렇지요. 참… 강호에서 이름을 얻은 살수치고는 실망스러운 행동이었지요."

여전히 천살객 무원이 청부를 포기하고 사방유에게 항복한 것이 화나는지 마영천이 노한 얼굴로 말했다.

"하지만 우리에겐 나쁜 것만은 아니지."

"어떤 면에서 말입니까?"

"그자가 살아나면 갈 곳이 어디겠나?"

"그야 당연히 신화밀교로… 아, 그자로 인해 숨어 있는 신화밀교의 수뇌들을 끌어낼 수 있겠군요."

마영 천이 다시 탄복했다.

"그래서 그자는 살려주었고, 사방유는 죽었지. 신화밀교로서는 대체 누가 이런 일을 벌였는지 알고 싶을 거야. 그러니 당연히 움직이겠지. 물론 홍가군에게 이 서찰을 보낸 사람도 천살객 그자가 아닐 테고."

적월은 자신이 이미 청부를 한 쪽이 마맹이라는 사실을 천살객 무원에게 말했다는 것을 마영 천에게 밝히지 않았다.

사실 그로서는 천살객 무원을 통해 알아내야 할 신화밀교의 비밀이란 것은 없었다.

그는 이미 신화밀교의 정체에 대해선 알 만큼 알고 있었다.

그럼에도 천살객 무원을 살려 보낸 것은 밀천 운중학 곤을 흔들기 위함이었다.

그리고 홍가군에게 서찰을 보냈다는 것은 신화밀교, 운중학 곤이 어떤 식으로든 이번 일에 반응을 보였다는 면에서 중요한 변화였다.

"어찌할까요?"

"음… 마호군과 마룡군의 회군이 완료되지 않았지?"

적월이 물었다.

"그렇습니다. 그들은 무척 느리게 움직이고 있습니다. 무림맹의 눈을 피해 움직이느라 속도가 빠르지 않습니다."

"좋아. 그럼 다시 낙양으로 간다."

"직접… 신화밀교를 추적하시렵니까?"

마영 천이 조금 놀란 표정으로 물었다.

당장 마맹의 적은 무림맹이다.

신화밀교가 미지의 세력이기는 하나 무림맹과의 대치 상황에서 신마령주 적월이 집중할 대상은 아니었다.

"어떤 자들인가 궁금해서. 일단 구경이나 좀 하자고."

적월이 크게 의미를 둔 행보가 아니라는 듯 말했다.

마영 천으로서는 여전히 의문이었지만, 적월이 결정한 일에 왈가불가할 수 있는 입장이 아니었다.

"알겠습니다. 홍가군에게 연락을 해놓겠습니다."

"만남을 최대한 늦추도록 해."

"예, 령주!"

마영 천이 대답을 하고는 적월의 앞에서 물러갔다.

그러자 적월이 조금 긴장한 표정으로 중얼거렸다.

"누가 움직였을까. 설마… 그는 아니겠지?"

*   *   *

주불은 낙양으로 오지 않았다. 마맹에 들어가 있는 그가 낙양까지 오기에는 시간이 없었다.

그렇다고 홍가군이 약속 장소로 나가지도 않았다.

대신 약속 장소에 나간 사람은 마영 중 한 명이자 무영오마 중 일인인 마영 황이었다.

무영오마의 이름들은 본명이 아니었다.

사실 그들은 자신들의 본명이 무엇인지조차 모른다. 제대로 된 이름을 가진 자들이라야 마영 십이조의 조장들 정도였다.

다른 사람들은 번호를 붙여 부르거나 혹은 무영오마처럼 혼마 창이 부여한 별도의 호칭으로 불렸다.

무영오마는 각기 천, 지, 현, 황, 태 외자의 호칭으로 불렸는데, 그중 마영 황이 천살객의 이름을 빌려 서찰을 보낸 신화밀교의 인물을 만나러 약속 장소에 나간 것이다.

물론 적월은 만남의 장소 근처에 있었다.

처음 천살객 등에게 청부를 넣었던 낙양 인근 강변과 숲의 경계에 있는 낡은 사당을 한눈에 볼 수 있는 나무 위에서 그들의 만남을 지켜보고 있었다.

"늦는 것 같습니다."

마영 황은 이미 이각 전부터 사당에 머물고 있었다.

그런데 그를 만나러 와야 할 천살객이든 혹은 신화밀교의 인물은 여전히 나타날 기미가 보이지 않았다.

"신중한 자라는 뜻이지."

적월이 대답했다.

"주변을 살피고 있을까요?"

신중한 자라면 만남의 장소 주변에 혹시 다른 인물이 없는지 살피는 것은 당연한 일이다.

더군다나 천살객 무원은 적월로부터 청부가 마맹에서 온 것이라는 걸 들었으니 그 사실은 신화밀교에도 전해졌을 것이다.

당연히 신화밀교에선 경계하지 않을 수 없는 상황이었다.

어쩌면 그들은 천살객 무원의 말을 반신반의하고 있을지도 모른다.

적월의 존재가 드러나지 않는 이상 마맹이 신화밀교를 공격할 아무런 이유가 없기 때문이다.

그래서 어쩌면 이 자리는 천살객 무원의 말처럼 정말 마맹이 이 청부의 청부자인지를 확인하려는 자리일 수도 있었다.

하지만 적월로선 그야 어쨌든 좋았다.

무엇보다 밀천 운중학 곤이 움직인다는 사실이 중요하기 때문이었다.

"신화밀교에는 사람이 많지."

적월이 뒤늦게 마영 천의 말에 대답했다.

"그렇겠지요. 그럼 역시……."

"아마 근방을 샅샅이 뒤지고 있을 거야."

"그럼 위험할 수도 있겠군요."

사당에 온 이는 적월과 환동, 그리고 무영오마가 전부다. 만약 신화밀교의 대대적인 공격을 받는다면 일곱 사람으로 그들 모두를 상대하는 것은 무리일 수도 있었다.

"그렇게 무모하게 나오지는 않겠지. 신화밀교가 아무리 거대한 조직을 가지고 있다고 해도 세상의 눈을 피해 살아온 자들, 드러내 놓고 마맹의 사람을 공격하기는 쉽지 않을 거야."

"그렇기는 하겠군요. 강호에 전면으로 등장할 것이 아니라면 몰라도."

마영 천이 고개를 끄떡였다.

그런데 그때 환동이 입을 열었다.

"온다."

환동의 말에 모두 시선이 사당 쪽으로 향했다.

후우웅!

사당은 강과 가까이 있어 밤이 되면 바람이 제법 심하게 불었다.

사당이 있는 강변과 산 사이는 초지가 길게 형성되어 있었다. 그 초지가 평시에는 사당을 오고 가는 길이 되었다.

밤바람이 불어와 허리를 굽히는 풀밭 위에 어느 순간 한 사람이 모습을 드러냈다.

초로의 노인은 문사건을 쓰고 있으나 문사의 모습은 아니었다.

머리에는 문사건을 썼지만 몸에는 무복에 가까운 옷을 입고 있었기 때문이다.

어찌 보면 어울리지 않는 옷차림, 하지만 달빛 아래서 보아 그런지 그런대로 고고한 맛이 있는 옷차림이었다.

그러나 그런 고고함은 노인의 움직임을 보는 순간 공포로 변할 수밖에 없었다.

스스스!

노인은 초지를 미끄러지듯 움직였다.

초상비라는 전설적인 경공이 있다지만 그걸 펼치는 고수를 보았다는 사람은 없었다.

노인은 바로 그 초상비를 시연하는 듯한 움직임을 보이고 있었다. 보통 사람은 물론 무공을 수련한 무인도 경악할 만한 움직임이다.

그래서 그런지 그리 서둘지 않는 걸음임에도 불구하고 노인은 한순간에 사당 앞에 도착했다.

"그대는 누군가?"

사당 안에서 마영 황이 물었다.

이미 노인이 출현하는 순간 그가 천살객 무원이 아님을 알아 챘기 때문이다.

"······."

노인이 아무런 대답을 하지 않고 마영 황이 들어 있는 사당을 주시했다.

"천살객의 심부름꾼인가?"

절대 그럴 리 없다는 것은 마영 황이 더 잘 알고 있었다.

노인의 무공은 절대 천살객 무원의 아래가 아니다. 그가 초지를 걸어오는 모습만 봐도 천살객 무원의 몇 수 위 고수라는 것은 단번에 알 수 있었다.

"한낱 살수 따위······."

노인이 나직하게 중얼거렸다.

스스로 천살객의 심부름을 할 신분이 아님을 밝힌 것이다.

"그럼 당신은 누구요?"

마영 황이 조금 변한 음성으로 물었다.

정중함이라면 정중함이랄까. 의도한 바는 아니지만 노인을 상대하자니 자연스럽게 변한 마영 황의 태도다.

이미 노인에게 기세가 밀리고 있는 것이 분명했다.

"너… 마맹의 사람인가?"

노인이 물었다.

너무 거칠고 직설적인 물음이어서 마영 황이 바로 대답을 하지 못했다.

"대답하라. 마맹의 사람인가?"

노인이 다시 물었다.

"먼저 당신의 신분을 밝히시오."

마영 황이 최대한 흥분을 가라앉히며 말했다.

그에게도 믿는 구석이 있었다. 주변에 신마령주가 있다. 신마령주라면 노인이 아무리 대단한 고수라도 충분히 자신을 지켜줄 수 있다는 믿음이 마영 황에게 있었다.

만약 그렇지 않았다면 마영 황은 이미 몸을 뺐을 것이다.

"후우… 난 천살객 무원을 고리로 이곳에 왔다. 그럼 어디서 왔겠는가?"

"신화밀교에서 나왔소?"

마영 황이 다시 물었다.

그러자 노인이 마영 황의 말에 대답을 하는 대신 가볍게 한숨을 내쉬며 중얼거렸다.

"정말이군. 현학원이 본 교의 신터임을 알고 공격한 것이군. 이것 참… 그런데 정말 마맹인가?"

노인이 다시 물었다.

그러자 마영 황이 대답을 미뤘다.

"그건 내가 답할 수 없는 문제요. 오늘 내가 이곳에 온 것은 천살객 무원을 만나기 위함이었소. 그런데 그가 오지 않았으니 당신과는… 헉!"

한순간 마영 황의 입에서 다급성이 터져 나왔다.

번쩍!

한 줄기 빛이 노인에게서 흘러나와 그대로 사당 안으로 파고
들었다.

콰앙!

어둠으로 가득 찬 사당 안에서 강렬한 파열음이 터져 나왔다.

우두둑!

뒤를 이어 거친 소음과 함께 사당의 한쪽 면이 무너져 내렸
다.

"노괴!"

무너지는 사당의 지붕을 뚫고 마영 황이 어두운 하늘로 솟구
쳐 오르며 소리쳤다.

"갈 수 없다."

노인이 나직하게 소리치며 다시 한번 검을 휘둘렀다.

휘류륭!

노인의 검에서 묘한 검음이 일어나더니 한 줄기 검기가 뻗어
나와 도주하려는 마영 황의 허리를 채찍처럼 베어갔다.

"흡!"

마영 황의 입에서 다급성이 터져 나왔다.

그가 재빨리 검을 아래로 내리찍어 노인의 검기를 막았다.

쩡!

쇠가 부러지는 소리가 터져 나왔다.

"억!"

뒤를 이어 마영 황의 신음 소리도 동시에 흘러나왔다.

신음과 함께 마영 황이 땅으로 떨어져 내렸다.

"내가 듣고 싶은 말을 듣고 난 이후에는 편히 죽여주마!"

노인이 땅으로 떨어지는 마영 황을 향해 다가가며 말했다.

부드럽지만 그가 움직이는 속도는 빛과 같았다.

그의 손이 어느새 마영 황의 목덜미를 낚아채고 있었다.

그런데 그 순간 한 줄기 빛이 노인의 어깨를 향해 뻗어왔다.

팟!

"음!"

노인의 입에서 당황한 듯한 음성이 흘러나왔다.

그가 마영 황을 제압하려는 순간 뻗어온 빛줄기가 자신의 문사건을 아슬아슬하게 베고 지나갔기 때문이다.

만약 조금만 늦게 반응했다면 그 빛은 그의 머리에 박혔을 것이다.

스슥!

기습을 당했음에도 노인의 움직임은 부드러웠다.

노인이 마영 황으로부터 사오 장 뒤로 물러났다.

그러고는 검을 들어 올리며 검기가 뻗어 나온 방향을 보고 나직하게 입을 열었다.

"모습을 보여라!"

노인의 나직한 말이 사당을 둘러싸고 있는 숲속으로 퍼져 나갔다.

목소리는 낮았지만 소리의 파장이 길어서 숲속 안쪽에 있는 사람이라면 모두 들을 수 있었다.

음파에 공력을 실어 보내는 솜씨 또한 무공만큼이나 고절한 노인인 것이다.

"황, 뒤로 물러나라!"

노인의 말에 대답하는 대신 적월이 마영 황에게 명을 내렸다.

"옛!"

마영 황이 즉시 대답을 하고는 무너진 사당 뒤쪽으로 이동해 숲으로 모습을 감췄다.

"모습을 드러내지 않을 생각인가?"

노인이 마영 황을 쫓을 생각을 하지 않고, 적월이 올라 있는 나무를 보며 말했다.

그러자 적월이 가볍게 몸을 날려 노인으로부터 십여 장 거리에 내려섰다.

물론 머리에는 갓을 쓰고, 얼굴은 검은 면사로 가린 상태였다.

평소 이런 차림으로 다니지 않더라도 노인 앞에선 반드시 이런 차림이어야 했을 것이다.

노인이 바로 학사검 종선이기 때문이었다.

제8장
애증의 존재

"역시 마맹인가?"

학사검 종선이 갓과 검은 면사로 얼굴을 가린 적월을 보며 물었다.

"짐작하는 대로요."

적월이 대답했다.

"그대의 신분은?"

종선이 다시 물었다.

"당신의 신분은 밝힐 수 있소?"

어찌 학사검 종선을 모를까.

하지만 지금 그를 알고 있다는 것을 말할 수는 없었다. 오늘은 학사검 종선이 그의 미끼 노릇을 해야 할 사람이었다.

전대의 은원, 어쩌면 그가 가지고 있을 애증… 그런 것은 묻어

두어야 하는 시간이다.

"음… 어렵겠군."

"나도 그렇소."

적월이 바로 대답했다.

"그래? 그럼 어쩔 수 없이 검을 써야 하겠군."

"한 팔로 가능하겠소?"

적월이 학사검 종선의 외팔을 보며 물었다.

"처음에는 불편했지. 두 팔이 모두 있을 때 난 쌍창을 즐겨 썼거든. 검은 팔이 하나가 되었을 때부터 제대로 수련했지. 그런데 시간이 지나면서 나에게 팔이 두 개 있었던 시절이 잊히더군. 지금은 오히려 한 팔이 더 편한 것 같아. 사람이란 환경에 적응하는 법이니까."

"그래도 어려울 것 같소만……."

적월도 한 손으로 검을 들며 말했다.

"후우… 이미 내 무공을 보았을 텐데 그런 말을 하다니. 배포가 큰 건지 세상 무서운 줄 모르는 건지 알 수 없군."

우웅!

말을 하며 휘두른 학사검 종선의 검에서 묵직한 검음이 일어났다. 그 안에 담은 내력의 깊이가 고스란히 드러나는 검음이다.

검을 쓰지 않고도 상대를 위협하는 종선의 경고였다.

하지만 적월은 그런 종선의 도발에 눈도 깜짝하지 않았다. 대신 그는 한 걸음 앞으로 나서며 가볍게 검을 들지 않은 왼손을 뻗었다.

팟!

한 줄기 지력이 적월의 손을 떠나는 순간 이미 학사검 종선의 앞에 닥쳐들었다.

"음!"

검을 들었기에 적월의 검만 신경 쓰고 있던 학사검 종선이 갑작스러운 지공에 놀라 나직한 소리를 내며 옆으로 비켜섰다.

팟!

순간 적월의 지력이 학사검 종선의 팔소매를 꿰뚫고 지나갔다.

"허어… 오늘 체면이 말이 아니군. 두 번이나 의복을 내어주다니. 쯔쯔, 늙었나?"

종선이 혀를 찼다.

앞선 기습에서는 문사건이, 지금은 팔소매가 상한 것에 자존심이 상하는 모습이다.

"굳이 검을 써야겠소? 난 당신과 싸우고 싶지 않은데."

적월이 물었다.

어쨌거나 학사검 종선 같은 고수과 싸움을 벌이는 것은 여러모로 위험했다.

목숨이 위험하기보다는 그의 정체가 드러날 가능성이 적지 않았다.

그의 정체가 드러나는 순간 마맹에서의 위치 역시 흔들릴 것이다. 그럼 지금까지 계획했던 모든 것들이 무용지물이 될 수도 있었다.

그래서 가능하면 지금은 학사검 종선과의 싸움을 피해야 한다.

"내가 묻는 말에 대답을 하면 싸울 일이 없지."

"서로의 신분을 묻지 않는 선에서 대화해 봅시다."

적월이 새로운 방법을 제시했다.

그러자 종선이 잠시 생각에 잠겼다가 고개를 끄떡였다.

"그럼 그럴까? 사실 나도 이 문제로 칼부림을 하고 싶은 생각은 없었으니까. 사실 내가 너희들을 만나려고 한 것은 정말 현학원에 대한 청부가 마맹으로부터 나왔는가를 확인하기 위해서였다. 맞느냐?"

학사검 종선이 물었다.

"그… 본분을 잊은 살수가 한 말은 사실이오."

"천살객을 말하는 것인가?"

"그렇소."

적월이 대답했다.

그러자 학사검 종선이 고개를 갸웃했다.

"이해할 수 없군. 현학원이 신화밀교의 비밀 신터임을 알고 공격을 한 것이라면, 대체 왜 마맹이 신화밀교를 공격하지? 신화밀교는 마맹의 일을 방해한 적이 없는데?"

학사검 종선이 정말 이해할 수 없다는 듯 물었다.

"일종의 시험이라고 해둡시다."

"시험?"

"향후 신화밀교가 마맹의 행보에 방해가 되나 안 되나 확인하는 시험이랄까."

"후우… 그건 너무 고약하군. 신화밀교의 행보를 확인하려 신터 하나를 몰살시키다니. 혹 그건 혼마 창의 결정인가?"

종선이 다시 물었다.

정말 그가 묻고 싶은 말은 바로 이것일 것이다.

학사검 종선은 아직 절대삼천은 아니지만, 적어도 절반쯤은 그들의 세계에 발을 담그고 있는 인물이었다.

또한 이번 일이 혼마 창에 의해 일어난 일이라면 그건 혼마 창이 지금까지와는 전혀 다른 방식의 놀이를 시작했다는 의미일 수 있었다.

"혼마 님? 글쎄… 적어도 묵언의 동의는 하셨다고 할 수 있소."

적월이 말했다.

"묵언의 동의? 무슨 뜻이냐?"

"뭐, 말 그대로요. 마맹은 최근 신화밀교에 대해 중요한 사실 하나를 알게 되었소. 그로 인해 마맹의 우두머리들은 분노했소. 그래서 신화밀교의 본심을 시험해 볼 필요가 있었던 것이오. 그 일의 결정에 혼마께서 직접 관여하신 것은 아니지만 적어도 이 일의 전말을 알고는 계실 거요."

"본 교에 대한 중요한 사실… 그게 뭐지?"

학사검 종선이 호기심을 드러냈다.

대체 마맹의 마두들을 분노케 한 신화밀교의 행동이 무엇인지 짐작을 할 수 없는 학사검 종선이다.

"천산혈사!"

적월의 입에서 차가운 한 단어가 뱉어졌다.

순간 종선의 눈이 다른 어느 때보다도 커졌다. 그의 얼굴에 떠오른 표정은 대체 어떻게? 라는 표정이었다.

대체 어떻게 마맹이 천산혈사의 배후에 신화밀교, 아니, 정확히는 밀천과 자신이 있다는 것을 알았을까.

아무리 마맹이 대단한 정보력을 가지고 있다고 해도 도저히 알 수 없는 일이다.

당시 천산에는 자신의 제자이면서도 제자 같지 않은 전신극의 주인 대량만 투입됐다.

그리고 대량은 신화밀교와는 관련이 없는 사람이었다.

물론 당시 천산에 신화밀교의 사신들이 있기는 했다. 밀천 운중학 곤은 만약을 위해 신화밀교의 사신들을 천산에 불렀다.

하지만 그들은 무림고수들을 직접 상대하지 않았다.

그들이 당시 천산에서 한 일은 오직 하나였다.

"십이천문……."

학사검 종선의 입에서 자신도 모르게 십이천문의 이름이 나왔다.

"그건 또 뭐요?"

적월이 의뭉스럽게 물었다.

십이천문이라는 문파를 모르는 듯한 행동이다.

"십이천문을 아느냐?"

종선이 대답 대신 차갑게 물었다.

"그러게 그게 뭐 하는 문파냐고 묻지 않았소."

적월이 퉁명스럽게 대답했다.

그러자 종선의 표정이 살짝 변했다.

아닌가 싶은 듯한 표정이다.

"본 교가 천산혈사와 관계가 있다는 이야기를 누구에게 들었느냐?"

십이천문이 아니라면 여전히 천산혈사와 신화밀교를 연결시킬 만한 단서를 찾는 것은 불가능하다.

"그것까지 말할 이유가 없고… 그런데 아니오?"

적월이 되물었다.

그러자 학사검 종선의 얼굴이 다시 심각해졌다.

그가 뭔가를 고민하는 듯하다가 무겁게 입을 열었다.

"그렇다면 역시 혼마인가?"

혼마 창은 천산혈사가 어떻게, 왜 일어났는지 가장 정확하게 알고 있을 만한 인물 중 하나다.

천산혈사는 절대삼천이 새로운 놀이를 시작하는 시작점이었다.

그곳에서 정사 양도의 고수들이 적지 않게 죽었지만, 정사 양도를 움직이는 정천이나 마천 모두 밀천을 원망하거나 할 일은 아니었다.

묵시적으로 그 일은 삼천의 동의하에 일어난 일이기 때문이었다.

그런데 이제 와서 그 일을 빌미로 밀천의 신화밀교를 공격하는 것은 마천 혼마 창이 지금까지의 놀이와 달리 다른 방식의 싸움을 전개하려 한다는 의미였다.

밀천의 후계자로서 학사검 종선에게는 심각한 문제였다.

"아니오? 신화밀교와 천산혈사는 관련이 없소?"

종선의 침묵을 더 이상 기다리지 않고 적월이 다시 물었다.

적월의 물음에 혼자만의 생각에서 벗어난 학사검 종선이 적월을 보며 되물었다.

"마맹에서 어떤 위치에 있느냐?"

"나 말이오?"

"그렇다."

"뭐… 누구 말에 복종할 사람은 아니오."

적월이 충분히 당신을 상대할 만한 위치에 있다는 의미로 말했다.

그러자 학사검 종선이 다시 물었다.

"혼마를 만날 수 있는 위치냐?"

"혼마 님이야 당신께서 원해야 누군가를 만나시는 분, 내가 원한다고 그분을 만날 수는 없소. 하지만… 가끔 뵙기는 하오."

"그가 널 찾는다는 의미군."

"……"

학사검 종선의 물음에 적월이 침묵으로 동의했다.

그러자 학사검 종선이 들고 있던 검을 손안에서 빙그르 돌리며 다시 생각에 빠졌다.

무슨 생각을 하는 것인지 적월로서는 정확히 알 수 없었다.

그러나 적어도 하나는 확실했다. 학사검 종선은 혼마 창을 의심하기 시작했다.

혼마 창이 애초에 약속된 내기의 규칙을 어기고 다른 방식으로 삼천의 놀이를 하려 한다는 의심이었다.

그리고 그건 정확하게 적월이 원한 바였다.

'그래서 당신은 어떤 결정을 할 것인가? 날 죽이고 혼마에게

경고를 할 것인가? 아니면… 이대로 돌아가 밀천과 다음 일을 논의할 것인가?'

적월이 속으로 물었다.

그런데 그 질문이 마치 종선에게 전해진 듯 학사검 종선이 입을 열었다.

"운이 좋구나."

"나 말이오?"

"그렇다. 널 죽이지 않겠다."

"후후… 날 죽일 수는 있소?"

적월이 되물었다.

그러자 학사검 종선의 눈에 한 줄기 살광이 스치고 지나갔다. 그 안광은 던져진 비도처럼 날아와 면사와 갓 사이 적월의 눈에 꽂혔다.

그러나 적월은 꿈쩍도 하지 않았다.

순간 종선의 얼굴에 놀라는 기색이 떠올랐다.

"너와 같은 인물이… 마맹에 있었던가? 어느 문파에 속했느냐?"

종선이 물었다.

"설마 벌써 치매가 온 것이오? 내 정체를 밝힐 수 없음을 이미 말했는데……."

"음……."

조롱 같은 말에 종선이 화를 내는 대신 나직한 침음성을 흘렸다.

그에게는 당황스러운 일인 듯싶었다.

설마 마맹에 자신의 안광을 너끈히 받아내는 인물이 있을 줄은 생각지 못한 모양이었다.

더군다나 앞서 한차례 있었던 일 합의 겨룸 또한 자신이 우위를 점하지 못했던 상대다.

어쩌면 승부를 장담할 수 없는 고수.

그런데 그 자신은 학사검 종선이다.

절대삼천 중 밀천의 후계자. 그러니 절대삼천 이외에는 자신과 대등한 승부를 펼칠 인물이 존재해서는 안 되는 일이다.

그런데 이렇게 뜬금없이, 생각지도 않은 장소에서 자신과 승부를 겨룰 만한 고수를 만났으니 종선으로선 당황스러운 일이었다.

그것도 상대가 마맹의 사람이다.

"후우⋯ 혼마가 많은 준비를 한 모양이군. 놀이의 규칙을 바꿀 만큼⋯⋯."

종선이 중얼거렸다.

적월과 같은 고수를 마맹에 끌어들인 혼마의 자신감이 신화밀교에 대한 기습으로 이어졌다고 생각하는 모양이었다.

"놀이의 규칙? 그건 또 무슨 말이오?"

적월이 절대삼천의 내기에 대해 아무것도 모르는 태도로 물었다.

그러자 학사검 종선이 살짝 당황한 표정을 짓다가 고개를 저었다.

"알 필요 없는 일이다. 이미 말했지만 널 죽이지 않겠다. 대신 마맹에 돌아가 혼마를 만나거든 전하라."

"무슨 말을 전해주면 되오?"

적월이 심드렁하게 물었다.

"더 이상은 신화밀교를 건드리지 말라고. 만약 또다시 이런 일이 벌어지면 그때는……."

"그때는?"

"밀교도 함께 상대해야 할 것이라고 말이다."

"그러니까 이번 일은 그냥 넘어가겠다는 뜻이오?"

"……."

적월의 물음에 학사검 종선이 아무런 대답을 하지 않았다.

"뭐요? 설마 대답해 줄 수 없는 신분인 거요?"

적월이 어이없다는 표정으로 다시 물었다.

지금껏 학사검 종선은 신화밀교를 지배하는 사람처럼 행동했다.

그런데 지금의 태도는 그 자신이 신화밀교의 행보를 통제할 수 없다는 듯한 것이었다.

물론 적월이 그 이유를 모르지 않았다.

밀천 운중학 곧, 그의 승인이 없는 이상 학사검 종선이 신화밀교의 행보에 대한 확답을 줄 수는 없을 것이다.

그럼에도 적월이 종선을 다그쳐 묻는 것은 일종의 화풀이 같은 것이었다.

혈월야에 대한, 십이지방에 대한 그의 잘못의 작은 추궁이었다.

혹은 투정일 수도 있었다.

적이지만, 또한 혈월야와 관련해 씻을 수 없는 죄가 있는 학사검 종선이지만, 한편으로는 친부모의 의형제였던 그에게 느끼는 미묘한 감정도 존재했다.

"부인하지 않겠다. 하지만… 가능하면 그리되게 할 것이다."

"호오… 당신 같은 사람을 부리는 사람이 있다는 뜻인데. 참 대단한 사람인 모양이구려."

"대단하지. 그래서 경고하는 것이다."

"알겠소. 말이야 전하면 그뿐이니까. 그런데… 나도 한마디 하고 싶구려."

"말해보라."

종선이 대답했다.

"마맹은 혼마께서 만든 곳이지만, 혼마 님이 모든 것을 결정하는 것은 아니오. 천산혈사에 신화밀교가 연관된 것이 확실한 이상 다른 사람들이 어찌 생각할지 모르겠소."

"혼마의 승낙 없이도 본 교를 공격할 수 있단 뜻이냐?"

"뭐, 나도 그런 일이 없도록 노력은 해보겠지만, 나 역시 마맹의 행보를 결정할 수는 없는 사람이라……."

적월이 종선이 한 말을 그대로 돌려주었다.

그러자 학사검 종선이 묘한 시선으로 적월을 응시했다. 그러다가 불쑥 입을 열었다.

"알 수 없는 자구나."

"나 말이오?"

"그렇다."

"오늘 처음 본 사람인데 알 수 없는 것은 당연한 것 아니오?"

"그런 말이 아니라… 느낌으로는 마도에 있을 인물 같지가 않아서 하는 말이다."

순간 적월이 내심 흠칫했다.

자신도 모르는 사이 어느새 이 노련한 고수가 자신의 말투나 행동에서 마인으로서의 자신을 의심하기 시작한 것이다.

'시간이 더 길어지면 곤란하겠군.'

적월이 스스로에게 경각심을 일으키며 천천히 입을 열었다.

"나도 내 자신을 스스로 마인이라고 생각하지 않소. 하지만 다른 사람이 마인이라 부르니 내가 부인한들 무슨 소용 있겠소."

"맞는 말이군. 알겠다. 난 더 이상 할 말이 없다만……."

학사검 종선이 말했다.

"나도 더 이상 할 말 없소."

"좋아. 그럼 난 그만 가보겠다."

"겨우… 청부자가 마맹이란 걸 확인하러 온 거요?"

"그걸 확인하는 것이 무엇보다 중요한 일이었으니까."

종선이 대답했다.

"알겠소. 아무튼 그대의 말은 혼마 님께 꼭 전하겠소. 그런데 그대가 누군지도 모르는데 말을 전하는 게 좀 이상하기는 하구려."

"내 모습을 전하면 혼마는 내가 누군지 짐작할 것이다."

"혼마 님과 인연이 있다?"

"악연이라고 해두지. 다시 보지 않기를 바라마."

학사검 종선이 협박 같은 인사를 남기고 사당에서 멀어지기 시작했다.

"허무하군."

학사검 종선이 자신이 온 길을 따라 돌아가는 것을 보며 적월이 중얼거렸다.

학사검 종선은 올 때보다 천천히 강변의 초원을 걸어갔다.

마맹의 마인들이 자신을 보고 있을 거라는 걸 알면서도 그는 여유를 부렸다.

아니, 어쩌면 마맹의 마인들 따위는 아예 신경도 쓰지 않을지도 모른다. 그 자신에 대한 자부심으로 가득 찬 인물이기 때문이었다. 절대삼천이 그러하듯이.

어쨌든 적월은 이대로 학사검 종선을 보내는 것이 조금은 허무하게 느껴졌다.

물론 그와 싸움을 하거나 혹은 어떤 일을 벌일 거라고 기대했던 것은 아니다.

오히려 이렇게 헤어지는 것이 그로서는 최선의 결과일 수 있었다.

그러나 왠지 모르게 허무감이 밀려들었다.

여전히 그들 사이에는 해결되지 않은 채무가 남아 있는 듯 느껴졌다.

단지 그것이 감정의 문제일지라도.

그런 적월에게 마영 천 등 무영오마가 다가왔다.

"령주님!"

적월 가까이 다가온 마영 천이 적월을 불렀다.

"준비는 되어 있겠지?"

적월이 나직하게 물었다.

"그렇습니다."

"철저하게. 그 어떤 일보다 우선해서."

적월이 다시 말했다.

"알겠습니다. 이 일에 마영 십이조 중 두 개의 조가 투입될 것이니 그를 감시하는 일은 실수가 없을 겁니다."

"아니, 그런 생각조차 하지 말라 전하게. 두 개 조로도 턱없이 모자란다고 생각하라 전하라. 그는 그대들이 상상하는 것 이상으로 무서운 사람이야."

"그를… 아십니까?"

마영 천이 조심스레 물었다.

적월의 행동으로 봐서 방금 전 사당을 떠난 신화밀교의 노고수를 아는 듯 보였기 때문이다.

"조금은……."

적월이 부인하지 않았다.

"어떻게 그를……?"

"내가 아는 것이 아니라 사부께서 아는 것이라 하는 게 맞겠지."

적월이 말을 고쳐 했다.

학사검 종선과의 개인적인 관계나 감정을 드러내고 싶지 않은 적월이었다.

"혼마 님께서요?"

"음… 신화밀교를 공격한 것이 그냥 재미로 한 일은 아니지 않겠나?"

적월이 마영 천에게 말했다.

"그렇군요. 결국 혼마 님께서……."

마영 천은 다시 한번 적월, 그는 무영마로 알고 있는 이 신마령주의 결정들이 혼마로부터 나온다는 사실을 확인해서인지 안도하는 표정으로 고개를 끄떡였다.

"어쨌든 저자의 뒤를 따르는 것은 모든 일에 우선한다. 그러니 마영들에게 전하라. 칠조와 십이조가 움직이지만 필요하면 그 어떤 마영도 동원될 수 있다고."

"…알겠습니다."

그렇게까지 중요한 일이냐고 물으려다 말고 마영 천이 적월의 명에 대답했다.

적월의 표정이 더 이상의 질문이나 의문은 용납하지 않을 것이라고 말하고 있었기 때문이다.

*　　　　　*　　　　　*

귀산 왕전은 목 뒤쪽이 뜨끔해지는 느낌을 받았다.

그 아래로는 어울리지 않게 얼음을 댄 것처럼 차갑다, 땀이다.

머릿속의 뜨거운 열기가 땀을 만들어냈고, 그 땀이 목을 타고 등으로 흘러내리면서 냉기를 만들었다.

다행인 것은 누군가의 공격으로 인한 것이 아니란 것이다.

아니, 어쩌면 공격을 당한 것과 같을 수도 있었다.

"확실한가?"

믿지 못하겠다는 듯 왕전이 물었다.

이런 경우는 거의 없다.

보고를 한 곳이 신응일대다. 그리고 그가 가장 믿고 있는 대장장이 두운의 보고다.

"확실합니다."

"……."

귀산 왕전이 대장장이 두운의 대답을 듣고도 듣지 못한 사람처럼 멀뚱멀뚱 그를 바라봤다.

믿을 수 없다는 표정이다.

"그래 봐야 소용없습니다."

자신의 입에서 다른 말이 나오지 않을 거라는 걸 대장장이 두운이 확인시켜 줬다.

그제야 왕전의 표정이 변했다.

"후우……."

"대장의 말이 사실이었습니다."

"뭐… 그렇다고 봐야겠지?"

왕전이 떨떠름하게 말했다.

마치 안 믿을 수는 없지만 믿고 싶지 않다는 표정이다.

그러자 무림맹 신응조 제일대를 책임지는 대장장이 두운이 정색을 하며 말했다.

"저희를 시험하시면 안 됩니다."

"응?"

왕전이 갑작스러운 두운의 말에 놀라 그를 바라봤다.

"저희를 시험하면 안 된다고 말씀드렸습니다."

"그게 무슨 의민가?"

왕전이 갑자기 심각해진 표정으로 되물었다.

"그와 귀산 어른의 관계를 알고 있습니다. 그러나… 그 사적 관계가 공적인 일 앞에 서면 안 된다는 뜻입니다. 저희는 귀산 어른의 명을 받는 신웅조의 사람들이지만 그것이……."

두운이 말꼬리를 흐렸다. 노련한 귀산 왕전이 자신의 다음 말을 짐작하지 못할 리 없기 때문이다. 사실 자신의 입으로 끝까지 말하기에는 껄끄러운 말이기도 했다.

"나도 의심하는가?"

왕전히 서운하다기보다는 두렵다는 표정으로 물었다.

수십 년 동고동락한 사람들이다. 형제라고 말하기는 어렵지만 그래도 친인에 가까운 신뢰와 정을 쌓은 신웅조의 전사들이다.

그런 사람들로부터 의심을 받는 것은 고통스러운 일이다.

"아닙니다."

"다행이군."

귀산 왕전이 진심으로 안도하는 표정으로 말했다.

만약 신웅조의 고수들에게 신뢰를 잃는다면 단순히 귀산 왕전 자신만의 문제로 끝날 일이 아니었다.

신웅조 전체가 무림맹에서 이탈하는 일이 벌어질 수도 있었다.

"어쨌든… 대형의 말처럼 명안은 다른 삶을 살아온 자입니다."

명안 이조에 대한 이런 불손한 언사를 언제 들어본 적이 있었던가.

귀산 왕전은 대장장이 두운의 입에서 거침없이 흘러나오는 명안 이조에 대한 힐난이 생경하게 느껴졌다.

하지만 어쨌든 사실은 사실이다.

불사 나왕을 만난 이후 자신과 신웅조 모두가 명안 이조를 주시하고 있었다.

그렇게 관심을 가지고 살피자 평소에는 아무런 의미 없이 느껴지던 명안 이조의 행보가 하나에서부터 열까지 의심스럽게 느껴졌다.

특히 명안 이조가 남궁세가를 방문한 이후, 귀산이 은밀히 보낸 신웅조의 고수가 남궁세가주 남궁선에게서 들은 이야기들은 충격적인 것이었다.

남궁선은 명안 이조와 귀산 왕전의 관계를 너무 잘 알고 있었기에 귀산 왕전의 심복이나 다름없는 신웅조 고수에게 명안이 한 천하제일가의 제안을 숨기지 않았다.

아니, 그는 이미 귀산 왕전이 그 사실을 알고 있을 거라 생각하고 있었다고 한다.

단지 그뿐이 아니었다.

무림맹에서는 그저 의미 없이 스쳐 지났던 인물들 중 명안 이조를 은밀히 만나는 자들이 적지 않았다.

남궁세가를 방문할 때 동행한 자들은 또 어떤가.

그들은 평소 무림에 제대로 알려지지도 않은 고수들이었다.

그런 고수들이 명안 이조 옆에 있다는 사실을 그와 가장 가까운 인물이라고 강호에 알려진 귀산 왕전 자신은 모르고 있었다.

그리고 이제 신웅조로부터 좀 더 확실한 증거가 전해진 것이다.

대장장이 두운의 말에 의하면 귀산 왕전조차도 명안 이조를 따르는 자들에 의해 감시되고 있었다.

그 사실은 불편하게도 불사 나왕의 지시를 받은 대장장이 두운 등이 귀산 왕전을 감시하던 중에 알아낸 사실이었다.

다행인 것은 귀산 왕전을 감시하는 자들을 찾음으로써 귀산 왕전에 대한 의심은 사라지게 된 것이라고 할 수 있었다.

"난… 아직도 믿어지지가 않네."

귀산 왕전이 불편한 표정으로 말했다.

"물론 그러시겠지요. 저희도 시간이 좀 걸렸습니다."

대장장이 두운이 말했다.

"누가 알고 있나?"

"현재로서는 저희만……."

"그렇겠지. 누구도 믿을 수 없을 테니."

"어찌하시겠습니까?"

두운이 물었다.

"글쎄……."

"지금 그의 정체를 밝히고 제압하는 것은 어렵겠지요?"

"누가 믿겠나?"

귀산 왕전이 짧게 말했다.

"후우… 그렇군요. 무림맹에서는 명안의 말이 만근의 신뢰를 가지니까요. 외려 우리가 반격을 당할 수도 있을 겁니다."

"불사를… 다시 만나야겠군."

"그러시겠습니까?"

"당연하지. 불사로 인해 시작된 의심 아니던가. 그에게는 뭔가 계획이 있을 것 같아."

"알겠습니다. 연락하겠습니다."

"역시 불사와 연락이 되고 있군."

귀산 왕전이 그럴 줄 알았다는 듯 말했다.

"예전에도 하려고만 하면 언제든 연락할 수 있었지요. 다만… 저희가 대장을 불편하게 하고 싶지 않았던 겁니다."

"음… 그랬군. 그에 대한 원망이 아니라 배려였군."

"서운함이 없지 않았으나 원망은 아니었습니다. 다만… 그 송가 놈에게 속는 것이 분통이 터지긴 했지요."

"후후, 아무리 똑똑한 사람도 어느 순간 눈에 마(魔)가 끼는 경우가 있네. 불사에게 송가장은 그런 것이었지. 외로움을 타는 성정이라 더 그랬을까?"

"뭐… 이런저런 이유가 있겠지요. 사실 저희들도 송유목을 마음에 들어 하지 않았지만 그자가 대장을 그렇게 취급할 줄은 몰랐습니다. 지금이야 그 벌을 톡톡히 받고 있지만."

"송유목은 어떠하다고 하던가?"

"병신이 다 되었지요."

"후우, 송가가 완전히 몰락하는구면. 자업자득이지만……."

한 가문의 흥망성쇠가 너무 쉽고 빠르게 일어나는 강호다. 그럼에도 불구하고 송가장의 몰락은 지나치게 극적이었다.

이젠 그 누구도 송가장을 두려워하지 않는다.

근방에서 송가장의 권역을 침탈하는 문파도 하나둘 나타나고 있었다.

"그렇다고 완전히 무너지지는 않을 겁니다. 금수련이 있는 한은… 그 아들도 곧 제정신을 차리겠지요."

"하긴 금수련은 화산과 인연이 있으니."

귀산 왕전이 고개를 끄떡였다.

몰락한다 해도 멸문이 될 일은 없는 송가장이었다.

혈육도 있고, 금수련이라는, 무림에서 무시할 수 없는 배경을 가진 안주인이 있기 때문이다.

"아무튼… 불사 대형을 부르겠습니다."

"아니. 이곳으로 부르지 말게. 내가 나가지."

"어르신께서요?"

"음… 그의 눈이 무림맹 곳곳에 있으니 불사를 부르는 것은 위험한 일이지."

"그렇긴 하군요."

두운이 고개를 끄떡였다.

"황하 인근으로 장소를 정해보게. 아마 불사 그 사람도 그쯤에서 움직이고 있을 걸세."

"알겠습니다. 마침 적당한 곳이 있습니다. 그럼 전 이만!"

두운이 대답을 하고 자리에서 일어나려는 순간 갑자기 문 쪽에서 사람의 목소리가 들렸다.

"어르신!"

"무슨 일인가?"

"명안께서 총관님들의 회합을 요청하셨답니다."

"뭐? 명안께서? 그 양반에 언제 맹에……?"

"방금 전 무굴산에 들어오셨답니다."

"허어… 이것 참."

공교로우면 공교로운 일이다. 그에 대한 의심이 확신으로 변한 지금, 명안 이조가 마치 기다렸다는 듯 무림맹 삼총관의 회합을 요구한 것이다.

"일단 그의 의심을 사지 마셔야 합니다."

두운이 무겁게 충고했다.

"알고 있네. 아무튼 조금 서둘러 주게. 그가 삼총관를 불렀다는 것은 무슨 일인가를 진행하겠다는 의미니까."

"알겠습니다."

두운이 대답을 하고는 귀산 왕전의 숙소 뒤쪽으로 나 있는 비밀 문을 통해 장내에서 사라졌다.

그러자 귀산 왕전이 깊게 한숨을 쉬었다.

"후우… 일이 어쩌다 이렇게 되었을까. 어쩌면 칠마의 난 때보다 더 위험한 싸움을 해야 할지 모르겠군. 절대삼천이라……."

       *   *   *

명안 이조의 행색은 초췌해 보였다. 그러나 그의 눈빛만은 어느 때보다도 더 강렬했다.

그는 무굴산 무림맹의 주 건물인 호천각에서 귀산 왕전 등 삼인의 총관을 기다리고 있었다.

귀산 왕전이 호천각으로 명안 이조를 만나러 갔을 때는 이미 생사판 이명적과 권왕 부차가 호천각에 들어 명안 이조를 대면

하고 있었다.

"어서 오시오. 귀산!"

"노사, 이렇게 갑자기……?"

귀산 왕전이 급히 걸어와 명안 이조에게 가볍게 고개를 숙여 보이고는 놀란 표정으로 물었다.

"음… 강호의 일이 다급하게 돌아가니 서둘러 다니지 않을 수 없구려."

"그렇기는 하지만 안색이 좋지 않으십니다."

귀산 왕전이 걱정스러운 표정으로 말했다.

"허허허, 강호가 안정될 수 있다면 이 늙은이 몸 축나는 거야 오히려 기쁜 일 아니겠소?"

"후우… 그런 말씀 마십시오. 그래도 건강이 최고입니다. 더군 다나 역사적으로 마도와의 싸움은 장기전으로 흘렀지요. 마맹 에 모인 저들과의 싸움 역시 마찬가지일 것입니다. 노사께서 기 력을 유지하셔야 무림맹의 형제들도 힘이 날 겁니다."

"허허, 내 나이가 구십을 바라보고 있소. 어찌 이십 년 전 칠 마와의 싸움 때와 같겠소이까? 이제 이 싸움에는 새로운 영웅 들이 필요하오. 난 단지 뒤에서 몇 가지 조언이나 해주는 신세이 고."

명안 이조가 조금 맥이 빠진 표정으로 말했다. 표정으로 보면 정말로 무림의 일에 관여할 기력이 없는 듯 보였다.

하지만 귀산 왕전은 이조의 눈빛에서 그가 여전히 강호에 대 한 집착으로 불타고 있음을 알 수 있었다.

"아무리 난세가 영웅을 만든다지만 지금은 영웅이 될 만한 재

목이 거의 없는 시절이지요. 준걸은 넘쳐흘러도……."

귀산 왕전이 걱정스러운 표정으로 말했다.

"마맹과 싸우다 보면 자연스레 뛰어난 사람들이 부각될 것이오. 고난이 영웅을 만든다지 않았소."

"그렇다면야 좋겠지만……."

귀산 왕전이 말은 그렇게 해도 크게 기대할 바가 없다고 생각하는지 말꼬리를 흐렸다.

그런데 그런 왕전의 반응에 명안 이조는 만족한 모양이었다.

여전히 자신에게 의지하는 왕전을 확인했기 때문이다.

"현재 무굴산 무림맹의 세가 크게 약해졌습니다. 남궁세가와 만무회가 마맹으로부터 기습을 당한 이후 무굴산에 나와 있던 각 파의 고수들 절반 이상이 자신들의 문파로 돌아갔습니다. 이래서는 마맹과 어찌 싸울 수 있을지 걱정입니다."

영웅대를 이끄는 총관 권왕 부차가 걱정스러운 표정으로 말했다.

"그렇습니다. 강호의 인심이 아침저녁 다르다지만, 어떻게 천하의 안위를 생각지 않고 자신들의 이득만 생각하는지……."

법당을 맡고 있는 생사판 이명적이 혀를 찼다.

"그들을 원망해서 무슨 소용 있겠소. 그리고 인간이란 본래 위기의 순간에는 자기 식구부터 챙기는 법 아니겠소? 그건 무공의 고수나 저자의 필부나 마찬가지. 결국은 앞으로의 계획이 중요할 것이오."

명안 이조가 무림맹을 떠난 고수들을 비난하고 싶지 않다는 듯 부드럽게 말했다.

"모두가 각 파의 본거지에 들어앉아 있으니 어떻게 마맹과 싸운단 말입니까? 만약 마맹이 중소문파들을 하나하나 굴복시켜 나가면 강호의 판세는 순식간에 마맹 쪽으로 기울게 될 것입니다."

이명적이 걱정스러운 표정으로 말했다.

"그런 일은 없게 해야 할 것이오."

명안 이조가 정색을 하며 말했다.

"달리 계획을 가지고 계시는군요?"

귀산 왕전이 이조에게 물었다.

그러자 이조가 잠시 침묵을 지키다가 입을 열었다.

"아마도 마맹이 노린 것도 무림맹에 모인 정파의 세력을 분산시키는 것이었을 것이오. 일단 그들은 성공한 것이고. 무굴산과 먼 곳에 떨어진 문파들의 경우 자파의 안위를 위해 고수들을 복귀시킬 수밖에 없으니까."

"그렇지요. 산동이나 하북, 혹은 사천 등지의 문파들이 공격받으면 무굴산에서 구원을 가기가 너무 멀지요."

왕전이 고개를 끄떡였다.

"그러니까. 각 파의 고수들을 무굴산이 아니라 강호에 거점을 만들어 몇 개의 무리로 소집하면 아마도 각 파는 다시 고수들을 내놓을 것이오. 적어도 자신들의 문파가 공격을 당할 기미가 보일 때, 이삼 일 안에 구원을 갈 수 있는 거리라면 말이오."

"그렇긴 하겠군요."

왕전이 고개를 끄떡였다.

"그래서… 이참에 정의대를 소집하면 어떨까 하오. 애초에 정의대는 강호의 각 지역별로 단위를 정하지 않았소이까? 정의대를 소집해 그들을 중심으로 마도들을 추적, 격살해 나가면 강호에 나와 있는 마도들은 자연스럽게 한 곳으로 모이게 될 것이오. 그때 건곤일척의 승부를 결하면 반드시 한 번의 싸움으로 승리를 취할 수 있을 것이오."

명안 이조가 자신이 구상하고 있는 정사대전의 계획을 논리정연하게 설명했다.

그러자 급격하게 빠져나간 고수들로 인해 근심이 가득했던 세 총관의 얼굴에 생기가 돌기 시작했다.

명안 이조의 전략이 현 난국을 타개할 해법이 될 수 있다고 생각했기 때문이다.

제9장
정천(正天) 명안(明眼) 이조

"귀산께서는 조금 더 시간을 내주시구려. 개인적으로 할 말이 있소."

명안 이조가 내놓은 타개책, 단순하지만 어쩌면 가장 완벽할 수도 있는 정의대 호출은 쉽고 빠르게 결정됐다.

이후 무림맹 삼총관이 피곤한 명안 이조를 생각해 서둘러 모임을 끝내고 각자의 거처로 돌아가려는데, 명안 이조가 귀산 왕전을 따로 불렀다.

순간 귀산 왕전은 내심 긴장했지만, 가벼운 호흡으로 긴장을 털어내고 다른 두 총관에게 말했다.

"먼저들 가시구려."

"알겠소이다. 그럼."

생사판 이명적과 권왕 부차가 가볍게 고개를 끄떡이고는 먼저

문을 나섰다.

어찌 보면 자신들을 제외하고 귀산 왕전만 따로 남아달라고 부탁하는 명안 이조의 말이 기분 상할 수도 있었지만, 두 사람은 조금도 언짢은 기색이 아니다.

평소 명안 이조와 귀산 왕전이 무림맹의 일 외에도 밀접한 친분을 유지하고 있다는 것을 알고 있기 때문이었다.

두 사람이 호천각에서 멀어지자 귀산 왕전이 잠시 물러났던 명안 이조 앞으로 다시 다가가 앉았다.

"달리 하실 말씀이라도……."

"음, 내가 좀 부탁할 일이 있어서……."

"무엇입니까? 편하게 말씀하십시오."

말을 꺼내기 어려워하는 명안 이조에게 귀산 왕전이 웃으며 말했다.

평소 두 사람의 친분을 생각하면 사실 어려워할 부탁이란 있을 수 없었다.

귀산 왕전은 명안 이조와 무공의 뿌리가 다른 사람이지만, 적어도 무림맹이 창설된 이후에는 강호 행보에 있어서 거의 스승과 제자 비슷한 관계가 되었기 때문이다.

"정의대의 호출 이외에 내가 생각하는 무림대혼란의 타개책이 또 하나 있소."

"…이계(二計)를 준비하고 계시는 겁니까?"

귀산 왕전이 조금 놀란 표정으로 물었다.

"이계(二計)라고 할 것은 없고, 정의대 호출 이후의 계획이라고 보는 것이 옳을 것이오."

"그 이후의 계획이라. 하긴 정의대를 호출한 이후에도 마맹과 싸우기 위한 나름의 계획은 필요하지요. 정의대 호출이 모든 것을 해결해 주는 것은 아니니까. 특히……."

귀산 왕전이 잠시 말을 끊었다.

"달리 걱정되는 것이 있구려."

명안 이조는 강호에서 가장 노련한 인물이다.

귀산 왕전에게 좀 전 회합에서 말하지 않은 걱정이 있다는 것을 금세 알아챘다.

"솔직히 말씀드려서 과연 천하 각 문파가 정의대 호출에 순순히 응할지 그게 걱정입니다. 물론 각 파와 가까운 거리에 중심을 잡아 정의대를 모으니 안심할 수도 있다 하지만, 사람 마음이란 것이. 남궁세가와 만무회의 일이 워낙 충격적이어서……."

귀산 왕전이 말꼬리를 흐렸다.

"바로 그거요. 그래서 두 번째 계획을 생각한 것이오."

"경청하겠습니다."

귀산 왕전이 정색을 하며 말했다.

"혼란한 세력을 하나의 계획으로 집중시키려면 그 계획을 앞서 실행하는 본보기가 필요한 법이오. 누군가 나서서 이 계획을 앞장서서 이끌어야 한다는 뜻이오."

"하나를 움직여 전체를 움직인다, 라는 뜻이군요."

"맞소. 사람 심리란 것이 이상해서 한두 사람이 어떤 길을 먼저 가면 그 길이 좋아 보여 모든 사람이 따라가게 마련이오."

"무슨 뜻인지 알겠습니다. 그럼 누굴 앞에 세우느냐의 문제가 남았군요."

"역시 귀산이시오. 단번에 내 마음을 읽으셨구려."

명안 이조가 가볍게 미소를 지었다.

귀산 왕전이 자신의 계획에 순순히 동의하는 것이 만족스러운 모양이었다.

"누굴 생각하고 계신지요?"

귀산 왕전이 시간을 끌지 않고 물었다.

"음… 사실 처음에는 남궁세가의 남궁선을 생각했었소."

물론 귀산 왕전도 이미 알고 있는 일이다.

그래서 남궁세가가 공격받자마자 부랴부랴 남궁세가를 찾았던 명안 이조가 아닌가.

"남궁세가라. 그러시리라 생각했습니다."

알고 있던 일을 모르는 척 말하는 것도 향후 이조의 의심을 살 수 있는 일이라 왕전은 이미 짐작하고 있었다고 솔직히 말했다.

하지만 남궁세가 자체에 대해서는 마땅치 않다는 표정이다.

"마음에 들지 않소?"

이조가 왕전의 표정을 유심히 살피며 물었다.

"남궁세가는… 세력은 강하지만 무림의 인심을 얻지는 못한 곳입니다. 그들을 잘 아시지 않습니까? 욕심이 많지요."

"맞소, 맞아. 솔직히 말하면 탐욕스러울 정도요. 하지만 그래서 그들이 적당하다고 생각했던 것이오. 천하제일가의 욕심이 있다면 당연히 마맹을 상대로 싸우는 일에 최선을 다할 것이기 때문이오."

"천하제일가……!"

귀산 왕전이 이번에는 심각한 표정으로 뇌까렸다.

"마음에 걸리시오?"

이조가 여전히 시선을 왕전에게 고정한 채 물었다.

"맹의 판도를 바꾸실 생각이십니까?"

왕전이 정색을 하며 물었다.

"구패의 시대는 나름대로 괜찮았소. 그러나 지금은 너무 부패하고 비효율적인 모습이오. 마맹과 싸우기에는……."

"그래서 남궁세가라. 방법은 동의하지만 선택한 문파에 대해선 여전히 저로서는……."

"알겠소. 남궁세가가 마땅치 않은 것은 나도 마찬가지였으니. 사실 그들이 좋아서가 아니라 쓸모 있기에 그들에게 무림의 선봉에 설 기회를 주고자 했던 것이오. 하지만 귀산께서 걱정하시는 일은 없을 거요. 그들은 기회를 잡지 않았으니 말이오."

"음… 그 말씀은 어르신의 제안을 거절했다는 뜻이지요?"

"그렇소. 생각보다 용기가 없더이다. 야심이 있으면 그만큼의 용기도 있어야 하는 법인데. 이번에 마맹에게 당한 공격에 무척 의기소침해 있었소. 자칫하다 쇠락의 길을 갈 수도 있다고 생각하는 듯했소."

이조가 남궁세가가 자신의 제안을 거절한 이유를 설명했다.

"아무래도 그렇겠지요. 사실 무림의 명문들은 패권을 추구하기보다 문파의 생존을 우선시하니까요."

"맞소. 맞아. 그래서 역사가 수백 년 이어지는 것일 거요."

이조가 고개를 끄떡였다.

"그래서 대안을 찾으셨습니까?"

왕전이 물었다.

"소림이나 무당이 좋겠지만, 그들은 앞에 나서 손에 피를 묻히는 것을 꺼리고, 남들의 눈을 의식해 세속의 패권을 멀리하려 하니 앞에 세우기 어렵소. 다른 세가들은 그 힘이 약해서 난감하던 차에 좋은 곳이 떠올랐소."

"어딥니까?"

"북두산문이오."

"북두산문!"

왕전이 조금 의외라는 듯 이조를 바라봤다.

"그들도 마음에 들지 않소?"

"그런 것이 아니오라 북두산문과 특별한 교류가 있으셨습니까?"

"아니, 그건 아니오."

"그럼 왜……?"

"이유는 간단하오. 북두산문의 문주 백완에게 야심이 있기 때문이오. 일백 년 전 천하제일가의 영광을 다시 차지하려는. 그리고 그녀는 제법 능력이 있소. 요 몇 년 북두산문의 성장을 이끄는 것을 보면… 또 사람들을 설득하기도 쉬울 것이오. 애초에 천하제일가의 명예는 여전히 남아 있지 않소이까?"

이조가 마치 자신이 백완이 된 것처럼 왕전을 이해시키려 했다.

아마도 왕전이 북두산문을 향후 무림맹의 우두머리로 세우는 일을 반대할까 걱정이 되는 모양이었다.

"명분으로는 나무랄 데 없지만……."

왕전이 말꼬리를 흐렸다.

"무림의 모든 일은 명분으로 시작해 명분으로 끝나오. 특히 정파의 경우는 더더욱 그렇소."

"그러나 아무리 북두산문이 최근 들어 크게 성장을 했다 해도 과연 무림의 구심점 역할을 할 수 있는 힘이 있을지?"

왕전이 북두산문의 실질적인 힘의 부족을 걱정했다.

"그 힘은 우리가 만들어주면 되지 않겠소?"

"우리가요?"

왕전이 의문스러운 표정으로 되물었다.

"그렇소."

"어떤 방법으로……?"

"다른 구패의 반발을 사지 않는 선에서 북두산문에 힘을 실어주는 방법이 있소. 사실 그래서 정의대를 호출한 것이기도 하오."

"자세히 듣고 싶군요."

이런 일일수록 신중을 기해야 한다는 것을 왕전은 잘 알고 있었다. 자칫 오해를 사게 되면 구패가 분열할 수도 있었다.

구패의 분열은 무림맹의 분열이고, 무림맹의 분열은 정사대전의 패배로 이어질 것이다.

아무리 절대삼천의 농간으로 일어난 정사대전이라도 마도에 패배하는 것은 용납할 수 없는 일이다.

그건 절대삼천을 제거하는 일과는 또 다른 문제였다.

그래서 명안 이조의 계획이라도 마맹과의 싸움을 승리로 이끌 수 있는 계책이라면 반대할 왕전이 아니었다.

하지만 그런 만큼 정확하고 세세한 계획을 들을 필요도 있었다.

어쨌든 명안 이조는 혈란의 근원에 있는 절대삼천이기 때문이다.

"정의대를 호출하면 지역별 구심으로 각 파의 고수들이 모일 것이오."

명안 이조가 여유 있게 자신의 생각을 말하기 시작했다.

"그렇겠지요."

"하지만 모든 문파들이 고수를 파견하려면 꽤 많은 시간이 걸릴 것이오. 처음에는 서로가 눈치를 볼 것이기 때문이오. 누구도 먼저 자파의 고수를 정의대로 보내려 하지 않을 것이오. 돌아가는 상황을 보면서 가능한 늦게 고수들을 파견할 것이오."

명안 이조의 말에 왕전이 말없이 고개를 끄떡였다.

"그래서 먼저 정의대의 호출에 적극적으로 호응할 문파가 있어야 하오. 그 문파가 구패라면 더더욱 좋을 것이오."

"그 문파가 북두산문이란 뜻입니까?"

이조가 물었다.

"그렇소."

"그렇다면 이미……?"

이조가 다시 물었다.

"맞소. 난 백 문주의 약속을 받아 왔소. 그녀는 천하제일가의 꿈이 있소. 그래서 무리해서라도 내 요구대로 움직이기로 했소."

"아……."

왕전이 나직하게 탄식을 흘렸다.

그로서는 북두산문이 이조의 계책에 이용당하는 것이 안타까웠다.

아마도 명안 이조는 북두산문을 불쏘시개로 쓰고 버릴 것이다.

물론 세상은 무림의 정의를 위해 용기 있게 자신들을 희생한 북두산문을 칭송하겠지만 북두산문은 또다시 일백 년 이상의 쇠락을 겪어야 할 수도 있었다.

왕전으로서는 북두산문의 문주 백완이 불사 나왕이 주도하는 청풍회라는 제삼의 세력에 속해 있다는 것을 알 턱이 없었다.

왕전은 백완의 북두산문이 재기를 도모하던 초기, 불사 나왕의 부탁으로 얼마간 역할을 했기 때문에 북두산무에 대해서 특별한 감정을 가지고 있었다.

그러니 백완의 성급한 결정을 걱정하지 않을 수 없었던 것이다.

하지만 이조는 왕전이 탄식을 내뱉는 이유를 제대로 알지 못했다.

"나도 백 문주의 결정에 감동하기는 했소. 비록 천하제일문에 대한 야망 때문이기는 하지만 그래도 자파의 손실을 감수하겠다는 그녀의 마음은 높이 평가해 줘야 할 것이오. 그러니 그에 대한 대가로서……."

"그 대가로서 북두산문에 힘을 실어준다. 적어도 명분은 있지만 어떻게 말입니까?"

왕전이 다시 그 방법을 물었다.

그러자 명안 이조가 대답했다.

"북두산문이 자파의 고수들을 이끌고 정의대의 소집에 호응하면 귀산과 권왕께서 그에 호응하여 신응조와 영웅대의 일부를 이끌고 북두산문의 백완 문주 곁에 잠시 머물러 주시오. 급하게 소집되어 불완전한 정의대를 지원하다는 명분으로 말이오. 그럼 자연스럽게 북두산문이 무림맹의 중심으로 인식되기 시작할 것이오."

이조가 차분하게 자신의 계획을 설명했다.

"그렇게 되면 다른 구패들도 어쩔 수 없이 각 지역에서 정의대 소집에 응하겠군요. 강호의 인심이 북두산문으로 쏠리는 것을 두고만 볼 수는 없을 테니……."

왕전이 이조의 계획에 호응하듯 말했다.

"맞소. 그 작은 경쟁심이 정사대전을 결국 무림맹의 승리로 이끌 것이오. 일단 그렇게 정의대가 구패를 중심으로 모이면 강호 천하는 무림맹이 완벽하게 통제할 수 있을 것이오. 물론 그런 상황을 오랫동안 유지할 수는 없소. 그래서 일단 소집이 완료되면 단시간 내에 마맹을 그들의 소굴로 몰아넣고 일망타진해야 할 것이오."

"큰 싸움이면서도 오히려 피를 가장 적게 흘리는 방법일 수도 있겠군요."

"그렇소. 그래서 선봉에 누가 서는가가 중요하오. 두려움 없이 적들을 향해 돌진할 사람과 문파가 필요하단 뜻이오. 그런 의미에서……."

"북두산문이 제격이다?"

"그렇소."

명안 이조가 자신 있게 말했다.

마치 자신의 선택이 정당하고 합리적이라는 것을 강요하는 듯하다.

그러자 갑자기 귀산 왕전의 가슴속에 한 가닥 반발심이 일어났다. 또한 강렬한 경계심도 일었다.

모르고 있을 때는 아무렇지도 않지만, 알고 보면 모든 것이 달리 보인다.

명안 이조의 이런 모습이 다른 때라면 마맹과의 싸움에 대한 그의 의지로 읽혔겠지만 오늘은 독선적인 아집으로 보이는 왕전이다.

그러나 지금은 자신의 생각을 드러낼 때가 아니다.

귀산 왕전이 조금 시간을 둔 후 고개를 끄떡였다.

"알겠습니다. 어르신의 뜻대로 하지요."

"고맙소, 귀산. 역시 나의 뜻을 알아주는 사람은 그대밖에 없구려."

"아닙니다. 천하의 모든 사람들이 무림을 향한 노사의 애정과 노력을 잘 알고 있습니다. 이번 정사대전에서도 모두가 어르신의 의견에 따를 것입니다. 이십 년 전 그러했듯이……."

왕전이 가볍게 고개를 숙여 보였다.

"허허, 그리 생각해 준다면 고맙지만, 그래도 이 일에는 적지 않은 반발이 있을 수 있소. 그래서 일단 귀산께 말씀드린 것이오. 귀산께서 먼저 영웅대와 법당의 두 총관을 설득해 주시구려."

"직접 말씀하시는 것이……."

귀산 왕전이 굳이 자신을 통해 두 총관에게 북두산문에 대한 지원을 말하라는 것이 이해가 되지 않는 듯 물었다.

"후우… 괜한 오해를 살까 싶어 그렇소. 내가 마치 북두산문을 통해 뭔가를 얻으려 한다 생각할까 봐. 난 그저 귀산의 의견에 동의하고 지지하는 것으로 합시다. 더군다나 난 공식적으로는 무림맹에서 어떤 직책도 가지고 있지 않은 사람 아니겠소? 맹의 움직임에 함부로 관여했다는 오해를 사기 싫구려."

'후후, 아니지. 당신이 가지고 있는 고고함을 유지하기 위함이겠지. 그리고 만약 북두산문이 실수를 할 경우 그에 대한 책임도 회피하려는 것일 테고. 하지만 일단 당신의 뜻대로 해주리다.'

왕전이 끌어오르는 반발심을 억누르며 다시 대답했다.

"알겠습니다. 번거로우시다면 그리하지요."

"고맙소. 역시 귀산과 이야기를 나눠야 모든 일이 수월하게 풀리는 것 같소. 귀산이야말로 무림맹의 실질적인 기둥이시오."

"과찬이십니다."

"아니외다. 귀산이 없었다면 무림맹이 어찌 지금까지 분란 없이 유지되었겠소. 이 싸움이 끝나면 아마도 귀산께서는 지금과는 조금 다른 위치에 있게 될 것이오."

"……?"

무슨 뜻이냐는 듯 왕전이 이조를 바라봤다.

그러자 이조가 정색을 하며 말했다.

"천하제일가의 명예는 북두산문이 가져가겠지만 천하제일인의 이름은 귀산께서 얻게 될 것이오."

'이자가?'

한순간 귀산의 얼굴이 차갑게 굳었다.

감히 자신을 무림의 명예나 탐하는 소인으로 취급하는 듯한 이조의 말에 화가 난 것이다. 이건 이조가 절대삼천의 정천인 것과는 아무 상관없는 분노였다.

그가 이조를 알고 지낸 것이 수십 년이다.

그런데 감히 자신을 권력이나 탐하는 사람으로 생각하고 있었다는 것에 대해 분노하지 않을 수 없었다.

그리고 이조가 마치 천하제일인이라는 명예로 귀산을 유혹하려는 듯한 느낌도 받았다.

"제가… 언제 권력과 명예를 탐했던가요?"

귀산 왕전이 화를 숨기기 않고 물었다.

"아, 오해를 하신 모양이구려. 귀산께서 천하제일인의 명예를 탐한다는 뜻이 아니오. 귀산께서 원치 않아도 자연스럽게 그렇게 될 것이란 뜻이외다. 귀산의 청빈함이야 내가 모르는 바 아니오."

왕전이 화가 난 듯하자 이조가 얼른 귀산을 달랬다.

그러자 귀산 왕전이 화를 참으며 말했다.

"어르신께서 사심 없이 무림의 대의를 위해 노력하시듯, 저 역시 마찬가지입니다. 사실 무림맹의 총관 자리도 귀찮을 때가 많았지요. 그럼에도 신웅조 총관의 위치를 지키며 움직이는 것이 무림의 안정에 너무 중요한 일이기에 남아 있었던 겁니다."

"알고 있소, 알고 있어. 내 말 오해 마시구려."

이조가 다시 한번 왕전을 달랬다.

"이번 정사대전이 끝나면 저 역시 어르신의 선례에 따라 무림맹을 떠날 생각입니다. 이후의 무림에는 관여치 않을 생각입니다. 저도 이제는 나이가 적지 않지요."

"후우… 그렇다면 큰일이구려. 귀산께서 은퇴하시면 무림맹이 과연 제대로 유지될지……."

"새 술은 새 부대에 담으랬다고, 이번 정사대전이 끝나면 새로운 인물들이 부각되지 않겠습니까? 북두산문의 문주 같은……."

"그래도 어디 귀산만 하겠소?"

이조가 정말 아쉬운 듯한 표정을 지었다.

그러자 왕전이 자리에서 일어나며 말했다.

"아무튼 이번 일은 어르신의 뜻대로 진행하겠습니다. 그리고 이번 정사대전을 끝으로 제가 무림에서 물러나는 것 역시 그렇게 될 것입니다. 그러니 이번 정사대전 와중에 명안께서 좋은 인재를 찾아주시기 바랍니다. 그럼!"

왕전이 가볍게 고개를 숙여 보이고 총총히 이조 앞을 벗어났다.

명안 이조는 귀산 왕전이 물러가는 것을 끝까지 자리에 앉아서 바라보고 있었다.

그러다가 왕전이 완전히 사라지자 갑자기 못마땅한 얼굴로 중얼거렸다.

"정말 권력 따위에서 자유로운 인간이란 뜻인가? 후후, 귀산 그대가 과연 권력에서 자유로운 사람이었다면 지금까지 신응조의 수장으로 무림맹에 남아 있었겠는가. 사람은 모두 같아. 결국 다른 사람의 존경을 받고 싶어 하고, 다른 사람 위에서 그들을 부리고 싶어 하지. 그게 인간의 본성이다. 우리 절대삼천조차 벗

어나지 못한 그 욕망에서 스스로 벗어났다고 감히 말할 수 있겠
는가."

이조가 차가운 눈으로 귀산 왕전이 사라진 문을 바라보며 중
얼거렸다.

*　　　　　*　　　　　*

몇 개월 전 무굴산에서 신응조의 옛 동료들을 만난 이후 그들
과 불사 나왕의 관계는 예전으로 복원되었다.

그 관계의 복원은 귀산 왕전에게조차 보고가 되지 않은 일이
었다.

그렇기는 해도 그간 서로 긴밀하게 연락을 한 일은 없었다.
아주 특별한 경우가 아니라면 서로의 관계가 드러나지 않도록
조심할 필요가 있었기 때문이다.

그런데 북두산문을 떠나 황하를 건넌 직후, 불사 나왕은 신응
조 옛 동료들로부터 연락을 받았다.

"귀산께서……?"

나왕이 혼잣말을 중얼거렸다.

그의 손에 손바닥보다 작은 종이 쪼가리가 들려 있다. 황하를
건넌 직후 포구의 작은 반점에서의 일이었다.

그 연락을 누구에게서 언제 받았는지는 함께 있던 사송조차
알 수 없었다.

그러자 사송이 물었다.

"어느새 전갈을 받았소이까?"

"그렇소."

"누가……?"

"신응조의 형제들이 소식을 전해왔구려."

나왕이 대답했다.

"신응조에서 말이오? 평소에 그들과는 연락을 하지 않지 않았소이까?"

"그렇소. 아무래도 무림맹에는 여러 눈이 있으니."

"그런데 어떻게?"

"그래도 우리끼리 연락할 방법이 있소. 다만 내 위치를 찾는 것에 시간을 좀 들이긴 했을 거요."

"대체 언제 어디서 전서를 받은 것이오?"

"어딘 것 같소?"

나왕이 장난스레 물었다.

두 사람은 이제 과거 십이지방의 의형제들처럼 가까워져 있었다. 농을 좀체 하지 않는 나왕이 농을 할 정도로.

다만 마음은 그렇지만 천하십대고수로 불리는 불사 나왕의 명성 때문에 사송이 제법 예의를 지키는 편이었다.

"글쎄올시다. 음… 보자. 상황으로 보면 세 번인데. 강을 건너기 전이나 도착했을 때, 아니면 반점으로 들어오기 전 스쳐 갔던 거지들, 그것도 아니면 이 안에서 누군가… 누구요?"

사송이 다시 물었다.

그러자 나왕이 웃으며 대답했다.

"배 안에서 받았소."

"어? 배 안에서 어떻게?"

사송이 전혀 예상치 못한 대답이라는 듯 당황스러운 표정을 지었다.

사송은 자신의 눈에 관한 자부심이 대단한 사람이다. 자왕이라는 별호가 괜히 생긴 것이 아니었다.

천부적인 감각의 소유자, 육감까지 더한 그의 눈을 피해 갈 수 있는 일은 별로 없었다.

그런데 그들이 황하를 건넌 배는 작은 배였고, 그 안에 타고 있던 사람이라야 채 열 명이 되지 않았다.

더군다나 그들 대부분은 보따리 장사나 하는 장사치들이어서 두 사람과는 거리를 두고 앉아 있었다.

그래서 적어도 누군가 나왕에게 서찰을 전하려 했다면 반드시 사송의 눈에 들어왔을 것이다.

"그는 놓고, 난 찾았소."

나왕이 사송의 의문에 짧게 답을 줬다.

"아, 직접 받은 게 아니라는 뜻이구려?"

"그렇소."

"참… 그게 쉬운 게 아닌데……."

"칠마의 난 때 수 년간 써먹은 수법이라 여전히 익숙하다오."

"그게 언제 적 일인데……."

칠마의 난이 끝난 지 이십 년이 훌쩍 지나 삼십 년을 바라보고 있었다.

그때의 연락 수단이 아직도 유효하다는 게 사송에게는 신기한 모양이었다.

"어떤 일은 죽을 때까지 잊히지 않는 법 아니겠소?"

"물론 그렇긴 하오만. 어쨌든 무슨 소식이오? 귀산 그 양반은 왜⋯⋯?"

"날 만나고 싶어 하는구려."

"귀산께서 말이오?"

"그렇소."

"그럼⋯⋯?"

"결론을 내린 것 같소."

"후우⋯ 어떤 결론일지."

"만나 보면 알겠지만 서찰에 간단히 언급한 정도라면 일은 잘 된 모양이오."

"그럼 명안 이조의 실체에 대해 확신을 하셨고, 또 신응조의 협사들 판단으로는 귀산께선 삼천과는 관련이 없다는 뜻이겠구려?"

"그런 것 같소."

나왕이 고개를 끄떡였다.

"그것 참⋯ 변수네."

귀산 왕전이 명안 이조의 사람이 아니라는 것을 확인했다는 소리에 사송은 기뻐하는 만큼 또 난감해했다.

"문제가 있소?"

"문제라기보다⋯ 대체 귀산 어른이 아니라면 누가 정천의 후계자가 될 수 있을 것 같소?"

예상치 못한 질문이다.

생뚱맞기도 하다.

하지만 나왕은 이 질문에 내포된 위험을 본능적으로 감지했다.

귀산 왕전이 명안 이조의 후계자가 아니라면 다른 누군가가 반드시 존재한다.

존재하지 않을 수가 없다. 절대삼천의 이름은 스승과 제자의 관계를 통해 후대로 전해진다.

그들은 하나의 뿌리를 가지고 있고, 무공의 전수를 통해 여의선인 순우황의 무맥을 이어간다.

그리고 정천 명안 이조는 늙었다. 아무리 대단한 고수라도 백세를 넘으면 노화를 막을 수 없다.

정천 명안 이조는 구십에 육박하는 나이다. 그리고 지금 생의 마지막 놀이를 시작했다. 후계자를 두지 않을 수 없는 상황이었다.

그런데 가장 유력해 보였던 귀산 왕전은 이조의 후계자가 아니었다.

그렇다면 무림 어딘가에 이조만큼이나 무서운 인물이 존재하고 있다는 의미가 된다.

십이천문이 절대삼천의 사냥에 성공해도, 그 싹을 자르지 않으면 두고두고 후환이 될 것이다.

어둠 속에서 정천 이조와 같은 능력을 지닌 자가 복수를 꿈꾼다면 과거 십이지방의 혈월야와 같은 일이 일어나지 않을 거라 장담할 수 없다.

사송의 질문에는 그 위험에 대한 걱정이 내포되어 있었다.

"특별히⋯ 관심을 기울일 수밖에 없겠구려."

나왕이 뒤늦게 대답했다.

심각한 나왕의 표정을 본 사송은 자신의 걱정이 제대로 전해졌다는 것을 깨닫고 말을 이었다.

"무림의 일에서 벗어나 어디서 폐관수련을 하고 있다면 오히려 찾기 쉬울 수도 있소. 하지만 만약 그자가 우리가 알고 있는 무림인 중 한 명이라면… 그건 너무 위험한 요소가 될 것이오. 최후의 변수랄까……"

"…어쩌면 혼마 창이 알고 있을 수도 있을 것이오. 그는 학사검 종선의 존재를 알고 있었으니까. 삼천끼리는 서로의 후계자에 대한 정보가 있지 않겠소?"

"음, 그럴지도 모르겠구려. 그자를 한 번 더 족쳐봐야겠군."

사송이 그의 내면 깊은 곳에 있는 섬뜩하고 날카로운 성정을 드러냈다.

혼마 창이 제대로 답하지 않을 경우, 그에게 가해질 고통의 크기를 짐작한 나왕이 절로 얼굴을 굳힐 정도였다.

사실 십이천문에서야 술과 농담을 입에 달고 사는 자왕 사송이지만, 독해지려고 마음먹는 순간 세상 그 누구보다 독해질 수 있다는 것을 알고 있는 나왕이었다.

하지만 그렇다고 그를 만류할 생각은 없었다.

정천의 후계자를 찾아내지 못한다면 십이천문의 생존 역시 장담할 수 없기 때문이다.

"그 일은 자왕께서 맡아주시오."

"알겠소. 그리고 어쩌면……"

사송이 말꼬리를 흐렸다.

하고 싶은 말을 하지 못하는 성격이 아닌 자왕이기에 이런 모습은 생경하다.

"그… 사람도 알고 있을지 모르겠소."

잠시 뜸을 들인 사송이 어렵게 말했다.

"그 사람? 아… 학사검 종선 말이구려."

"그렇소. 그래도 옛정이 남아 있다면 혹 말해줄 수도 있을 것 같은데……."

"글쎄올시다."

"기대할 수 없을 것 같소?"

적어도 학사검 종선에 대해서는 스스로 객관적인 판단을 할 수 없다는 것을 인정하는 사송이다.

그래서 자신의 생각보다는 나왕의 생각이 더 중요했다.

"그에게 무엇이 더 중요한가의 문제 아니겠소? 그가 만약 자신의 운명이 순우황의 맥을 잇는 것에 있다고 생각한다면……."

"음, 그렇구려. 순우황의 맥을 잇는 것이 가장 중요하다 생각하면 그를 보호하려 하겠구려. 그까지 제압당하면 정천의 후계자가 하나 남은 순우황의 맥이 될 테니."

사송이 나왕의 생각에 순순히 동의했다.

"그의 일에 대해 너무 마음 쓰지 마시오. 물론 말처럼 쉬운 일은 아니겠지만."

나왕이 사송을 위로했다.

그러자 사송이 고개를 끄떡였다.

"정말 그렇소이다. 생각처럼 마음이 움직이지 못하는구려. 원망하는 마음이 들면서도 한편으로는… 혈월야가 있기 전까지는 정말 완벽한 대형이었기에. 헛, 참 사람 마음이란 것이……."

학사검 종선에 대한 미련을 끊지 못하는 자신이 한심한지 사송이 헛웃음을 흘렸다.

물론 그의 마음을 가장 잘 이해하는 사람이 나왕이다.

그 역시 송가장에 마음이 묶여 십 년의 세월을 허비하지 않았던가.

지금도 여전히 그 시간들에 대한 억울함보다는 그들과의 인연이 악연으로 변한 것에 대한 아쉬움이 많은 나왕이었다.

"후우… 결국 마음이 약한 사람들이 항상 손해를 보는 법 아니겠소."

나왕이 말했다.

그러자 사송이 히쭉 웃음을 흘렸다.

"흐흐, 천하의 독심으로 알려진 불사께서 그런 말씀을 하시니 어울리지 않소이다."

"헛허, 그렇소? 독심이라… 사람이 독하게 손을 쓰는 것은 모두 마음이 약해서인 듯하오. 나 역시 독하게 굴지 않았으면 칠마의 난에서 마두들을 상대로 싸워 이길 심력이 없었을 것이오."

나왕이 정색을 하며 대답했다.

"알고 있소이다. 불사께서 사실은 누구보다 마음이 여린 분이란 걸."

"부인하지 않겠소. 하지만 손은 독하다오."

"그 또한 알고 있지요. 단지 그 독한 손속이 사실은 자신이 아닌 다른 누군가를 위해 쓰인다는 것도 알고 있고. 그래서 전 불사 대협에게 크게 의지하고 있소이다. 적어도 십이천문의 사람들을 위해서는 누구보다 독하게 손을 쓰실 것임을 알고 있으니."

"허허, 자왕께서는 여전히 사람을 너무 쉽게 믿으시는구려."

나왕이 다시 농을 했다.

"에이, 설마 불사께서 학사검 같은 행동을 하시겠소. 또 뭐…
사람을 믿어 받는 불운이라면 그 또한 내 선택이니 어쩔 수 없
는 일이고……."

사송이 술 한잔 생각난다는 표정으로 말했다.

"갑시다. 만나자고 하니 만나 봐야겠소."

"어디로 가면 되오?"

"그리 멀지 않소. 거리는 삼 일 정도… 물론 밤을 새워 걸으면
내일 저녁이면 도달할 거리요. 하지만 그렇게까지 서둘 필요는
없을 것이고."

"알겠소이다. 가는 길에 탁주라도 한 병 사 들고 갑시다."

사송도 마음속의 상념들을 털어버리려는 듯 자리를 털고 일
어났다.

그런데 말이 씨가 된다고, 나왕과 사송은 잠을 자지 않고 길
을 걸었다.

본래는 노숙을 할 생각이었지만, 달빛도 좋고 술 한 잔 들어
간 사송이 밤새 길을 걸을 것을 제안했기 때문이다.

나왕도 그리 피곤한 여정이 아니어서 사송의 제안에 동의했
다.

그렇게 두 사람은 설렁설렁 하루 반나절을 쉬지 않고 걸었다.

그 길 끝에 그들이 도착한 곳은 작은 강줄기가 허리를 감아
도는 위태로운 절벽 중턱이었다.

"뭐 이런 곳에서 사람들을 만나고 그러시오?"

귀산 왕전을 만나는 장소로 주루나 반점을 기대했던 사송이 불평 아닌 불평을 토로했다.

길을 일찍 온 덕에 약속 장소 부근에서 하룻밤을 보내야 하는데 근방에는 사람 사는 마을이 없었기 때문이다.

"그 시절에는 이런 곳이 편했지요."

나왕이 대답했다.

"그 시절? 칠마의 난 때를 말씀하시는 것이구려."

사송이 고개를 끄떡였다.

이 장소 역시 칠마의 난 때 신응조의 비밀스러운 회합 장소였던 모양이다.

"올라가 봅시다. 가보면 제법 그럴듯한 잠자리가 기다리고 있을 것이오."

나왕이 말했다.

"저 위에 말이오?"

사송이 설마 하는 표정으로 되물었다.

나왕은 그런 사송의 질문에 대답을 하는 대신 몸을 날려 절벽을 오르기 시작했다.

"햐! 이것 참……."

절벽 중턱의 작은 평지에 올라선 사송이 탄성을 터뜨렸다.

믿지 못하겠다는 표정도 지었다.

그러나 그의 눈이 보는 것은 환상이 아니었다. 그리고 그의 눈앞에 나타난 정경은 그를 감탄시킬 만한 것이었다.

그렇다고 그의 눈이 절벽 아래 그림처럼 펼쳐진 강과 산의 풍경을 바라보고 감탄한 것은 아니었다.

작지 않은 상에 차려진 음식과 술이 그를 감탄하게 만든 것이다.

대체 이 절벽 중간에 누가 이런 술상을 차려놨는지 신기할 다름이다. 아니, 애초에 이런 장소에 술상이란 것이 기이한 일이었다.

"앉읍시다."

나왕이 자리를 권했다.

"이걸 알고 계셨소이까?"

사송이 술상 앞에 앉으며 물었다.

"그렇소."

나왕이 고개를 끄떡였다.

"따로 부탁을 한 것이오?"

사송이 다시 물었다.

그러자 나왕이 고개를 저었다.

"그건 아니오. 다만 옛사람들이 나와의 추억을 기억하고 있을 거라 생각했을 뿐이오."

나왕이 미소를 지으며 말했다.

"추억이라… 그럼 가끔 이곳에서 술을 마셨다는 뜻이구려."

"그렇소이다. 이곳은 사실 신응조의 공식적인 비처가 아니오. 이곳은 나와 당시 신응삼대 소속 전사들의 휴식처 같은 곳이었소. 특별한 경우에는 비밀 회합 장소나 피신처로 사용되기도 했고……"

과거의 추억을 회상하는 듯 나왕이 고개를 돌려 주위를 살폈다.

"세월은 흘러도 산천은 의구한데……."

사송의 입에서 나직하게 노랫가락이 흘러나온다. 나왕의 말에 자신도 옛 추억을 떠올리는 듯한 모습이다.

그러다가 갑자기 흥얼거리던 노래를 끊고 나왕에게 물었다.

"이거 마셔도 되는 거요?"

사송이 술상 위의 술을 가리켰다.

"물론이오."

"혹, 귀산 어른과의 만남을 위해 준비한 것이 아닐까요?"

사송이 쉽게 술에 손을 대지 못하고 물었다.

"그건 아니오. 귀산 어른과의 만남은 내일이나 돼야 하고. 또 그 만남에 술은 필요치 않을 거요. 이건 다만… 과거의 동료들이 날 위해 준비한 작은 선물 같은 것일 거요. 아니 그런가?"

문득 나왕이 공터 안쪽 대여섯 그루의 소나무가 위태롭게 자란 절벽을 보며 물었다.

그러자 절벽 안에서 놀랍게도 사람의 목소리가 들렸다.

"맞습니다, 대장. 대장을 위한 작은 선물입니다. 먼 길에 피곤하실 텐데 한잔들 하시면서 피로를 푸시지요."

목소리는 들리지만 얼굴은 보이지 않는다.

사송이 놀란 눈으로 절벽을 뚫어지게 바라봤다.

"공 아우도 나와 한잔하지."

나왕이 절벽을 보며 말했다.

"아닙니다. 적어도 내일 귀산께서 오실 때까지는 술을 마시지 않을 겁니다. 놀러온 것이 아니니까요. 신응조는 일할 때는 술을 입에 대지 않는 걸 아시지 않습니까?"

"그런가? 그럼 난?"

"대장이야 신응조를 떠난 지 오래 아닙니까?"

"그러나 자네는 여전히 날 대장이라고 부르지 않나?"

"…그거야 버릇이 돼서. 아무튼 쉬십시오. 주위를 살피고 오겠습니다."

말이 끝나는 순간 갑자기 절벽 한쪽이 열리더니 검은 그림자가 바람처럼 달려 나와 절벽 아래로 사라졌다.

"허! 놀라운 신법이구려."

세상에 자신이 감탄할 만큼 빠른 사람이 있다는 것에 놀랐는지 사송이 탄성을 터뜨렸다.

"미친바람 공우매라는 사람이오. 아마… 사귀시면 자왕과 잘 어울릴 것이오."

"흐흐, 그럴지도 모르겠소이다. 그건 그렇고, 지금은 좀 먹고 마십시다."

사송이 미친바람 공우매에 대한 관심을 거두고는 망설이지 않고 술병을 잡아 갔다.

제10장
무림맹, 십로의 길을 열다

하루의 시간이 무료하지는 않았다.

신응조의 전사들은 나왕을 위해 모든 것을 준비해 놓았다. 술상만이 아니었다.

교묘하게 감춰진 절벽 안쪽의 공간에는 편한 잠자리까지 마련되어 있었다. 오래전부터 나왕과 가까운 신응조 조원들이 휴식을 취하던 장소여서 침상 등이 준비되어 있기는 했지만, 아마도 이번에 새로 단장을 한 것이 분명했다.

그것이 귀산 왕전이 아닌 불사 나왕에 대한 애정 때문이란 것을 알고 있는 나왕으로서는 마음이 뭉클해지는 경험이 아닐 수 없었다.

그 안에서 밖으로 뚫린 비밀 문을 열고 나왕과 사송은 하룻밤을 보냈다.

잠을 잔 시간은 겨우 두어 시진, 깨어 있는 시간에는 별을 쏟아내는 밤하늘을 보며 두런두런 옛이야기와 앞으로의 이야기를 나누었다.

그럼에도 불구하고 두 사람은 아주 오랜만에 푹 자고 난 것 같은 상쾌한 아침을 맞았다.

아침이 되니 신웅조의 전사들이 또다시 정갈한 아침상을 준비했다.

이상한 일은 불사 나왕이 거절치 않고 그들이 해주는 아침상을 스스럼없이 받았다는 것이다.

사송은 조금 미안한 기색을 드러내기도 했지만 나왕은 당연히 받을 대접을 받는 듯한 태도였다.

아마도 그는 자신을 위해 준비한 것들을 기꺼이 받는 것이 신웅조의 오랜 동료들에 대한 예의라고 생각하는 것 같았다.

그렇게 아침까지 해결하고 조금은 무료한 기다림이 이어지려는 찰나 미친바람 공우매가 그의 별호처럼 바람같이 절벽으로 올라왔다.

"오십니다."

마치 자신의 주군에게 보고하듯 공우매가 나왕에게 말했다.

"벌써?"

저녁이 되어서야 도착할 예정이었던 귀산 왕전이다. 그런데 정오도 되지 않아 도착한 것이다.

"어젯밤 밤길을 걸으신 모양입니다."

"음……."

"우리도 거의 밤을 새우지 않았소이까?"

사송이 특별한 일이 아니지 않냐는 듯 말했다.

"그렇긴 하오. 그래도 본래 길을 서두는 양반은 아닌데. 아무래도 마음이 급하신 모양이구려."

"그렇겠지요. 명안 이조의 실체를 알았다면 당연히……."

사송이 굳은 얼굴로 말했다.

"어떠신가?"

귀산 왕전의 상태에 대해 나왕이 공우매에게 물었다.

"처음에는 잠시 당황하셨지만 금세 본래의 모습을 되찾으셨습니다. 그사이 명안… 을 만나기도 하셨고."

"명안을?"

"그렇습니다. 명안이 무굴산에 은밀히 복귀했습니다. 그리고 정의대 소집을 논의한 듯합니다."

공우매가 대답했다.

"음, 그건 알고 있네."

"알고 계시다고요?"

나왕이 명안 이조의 정의대 소집을 알고 있다는 말에 공우매가 놀란 표정으로 나왕을 바라봤다.

"북두산문에 들렀었지. 그곳에서 그가 그런 의사를 내비쳤다고 하더군."

"북두산문… 을 선택한 모양이군요? 남궁세가가 어려우니."

공우매가 물었다.

"음."

나왕이 짧게 대답했다.

"어찌하실 생각이십니까?"

공우매가 호기심과 두려움이 섞인 표정으로 물었다.

명안 이조와 같은 무림의 거인을 상대한다는 것이 아무리 전장에서 뼈가 굵은 사람이라도 두려운 모양이었다.

"일이야 그가 원하는 대로 되겠지. 하지만 결과는 다를 걸세."

나왕이 대답했다.

"그의 계획을 역이용할 생각이시군요?"

공우매는 사송만큼이나 눈치가 빠른 자였다. 그는 금세 나왕의 생각을 알아채고 되물었다.

"우리가 그의 정체를 알고 있다는 것, 그것이 그에게는 가장 큰 약점이 될 걸세. 자세한 것은 차차……."

"알겠습니다."

공우매가 더 이상 묻지 않았다. 그리고 더 물을 시간도 없었다.

어느새 절벽 아래쪽에서 작은 새소리가 들렸던 것이다.

찌르르!

새소리를 닮았지만 새가 내는 소리는 아니다. 사람이 만들어 내는 소리다.

그리고 그건 귀산 왕전이 도착했다는 신호기도 했다.

나왕과 사송은 공터의 절벽 끝까지 걸어 나왔다. 고개를 내밀자 절벽 아래 귀산 왕전의 모습이 보였다.

"왔구려."

사송이 중얼거렸다.

비록 그가 명안 이조와 관련이 없는 것으로 결론 났지만 그래도 무림맹에서 명안 이조와 가장 가까운 사람이 귀산 왕전이다.

사송으로서는 본능적으로 경계심이 일어나는 모양이었다.

"다행이라고 생각합시다."

사송의 마음을 알아챈 나왕이 말했다.

"후우… 그렇긴 하오만. 과연 귀산께서 어떤 반응을 보일지. 혹시 그래도 정파의 구심점은 그여야 한다고, 그래서 그를 지켜야 한다고 말하지 않을까 걱정이 되는구려."

"……."

나왕이 사송의 걱정에 달리 대답하지 못했다. 그럴 가능성이 아주 없는 것이 아니기 때문이다.

사람들은 종종 대의라는 명분에 속아 큰 죄업을 작게 생각하는 경우가 있다.

또한 누군가의 희생을 어쩔 수 없는 희생으로 강요하는 경우도 비일비재하다.

귀산 왕전은 정파의 대의를 따르는 사람이어서 어쩌면 명안 이조와 그가 행한 일들에 정당성을 부여하려 할지도 몰랐다.

그런 경우 귀산 왕전은 적이 된다.

어쩌면 오랜 인연을 오늘 끊어야 할 수도 있었다.

하지만 나왕은 그런 일이 일어나지 않을 거라고 생각했다.

귀산 왕전이 명안 이조의 후계자가 아닌 이상 그에 대한 믿음이 다시 확고해졌기 때문이다.

타탁!

상념은 절벽을 타고 오르는 귀산 왕전의 발소리로 끝났다.

귀산 왕전은 거의 수직으로 서 있는 절벽을 가볍게 날아올랐다. 그의 머리뿐 아니라 그의 무공 역시 무림오선의 일인으로 추앙받을 만한 자격이 있는 귀산 왕전이다.

나왕과 사송이 절벽의 난간에서 조금 물러나 귀산 왕전이 올라설 자리를 내주었다.

투툭!

귀산 왕전이 두 사람이 내어준 자리로 가볍게 올라섰다.

그러고는 두 사람을 보며 빙긋 미소를 지었다.

"벌써들 와 계셨군. 나도 서둘러 오느라 왔는데……."

"늦으신 것은 아닙니다. 우리가 일찍 왔지요."

"그렇다면 다행이군. 자왕 대협, 오랜만이오?"

귀산 왕전이 사송에게도 인사를 건넸다.

"오랜만에 뵙습니다."

사송이 가볍게 포권을 해 보였다. 북두산문의 일로 잠시 만났던 때 이후 이미 두어 해가 지나 있었다.

그간 두 사람에게도 무림에도 적지 않은 일들이 있어서, 그보다 더 오랜 시간이 지난 듯 느껴졌다.

"좋을 일로 만나야 하는데 그렇지 못한 것이 유감이구려."

귀산 왕전이 씁쓸한 표정으로 말했다.

"역시 밖이 좋겠지요?"

나왕이 물었다.

공터 안쪽 절벽 속에 만들어진 석실이 아니라 공터에서 이야기를 나누고 싶다는 뜻이다.

"그러세. 별도 좋고. 그런데 좋은 곳이군. 이런 곳을 준비하고 있는 줄 몰랐는데. 좀 서운하군."

"칠마의 난 당시 신응조의 형제들은 모두 심적으로 힘든 시간을 보내고 있었지요. 그래서 다른 사람 모르게 몸과 마음을 추스를 공간이 필요했습니다."

"난 그중 다른 사람이란 뜻이군."

귀산 왕전이 서운한 표정으로 말했다.

신응조를 만든 사람이 왕전이다. 그런데 신응조 내에서 자신이 다른 사람 취급을 받았다는 것이 서운할 수밖에 없었다.

"명을 내리는 자와 수행하는 자의 차이라고 해두지요."

나왕이 웃으며 대답했다.

"하하, 그런가? 뭐, 어쩔 수 없는 일이지. 각자 맡은 일이 다르니."

"일단 앉으시지요."

나왕이 자리를 권했다.

처음 나왕과 사송이 도착했을 때 술상이 차려졌던 나무 탁자는 깨끗하게 치워져 있었다.

그 위는 술잔 대신 찻잔 세 개가 놓여 있을 뿐이다.

나왕을 위한 준비와는 확연히 차이가 느껴지는 상차림이다. 그것만으로도 사송은 신응조의 옛 전사들이 나왕에 대해 느끼고 있는 친밀감을 알 수 있었다.

"음… 운치가 있군."

왕전이 찻잔을 들며 말했다.

"나쁘지 않지요. 잠시 세상일을 잊는 것도."

나왕도 마주 찻잔을 들어 올렸다.

하지만 사송은 내내 얼굴을 찌푸리고 있었다. 이런 쓸데없는 대화 따위가 가식으로 느껴지기 때문이었다.

하지만 그렇다고 자신이 나서서 대화를 주도할 수도 없었다.

어쨌거나 명안 이조에 대한 문제는 나왕과 귀산 왕전이 결정할 문제기 때문이다.

"후우… 차향은 좋네만 입맛은 쓰군."

귀산 왕전이 찻잔을 내려놓으며 말했다.

"그를… 만나보셨다고요?"

나왕이 본격적으로 대화를 시작했다.

"음……."

"뭐라던가요?"

"이야기 들었지? 정의대의 소집."

"그 이야기는 들었습니다."

나왕이 대답했다.

"그의 계획은 이래. 정의대를 천하 각지에 소집한다. 그 구심점은 아무래도 구패가 되겠지. 그렇게 소집된 구로(九路)의 정의대를 움직여 천하 각지에 퍼져 있는 마맹의 마인들을 한 곳으로 몰아넣는다. 그리고 그곳에 무림맹의 전력을 집중시켜 단 한 번의 싸움을 결정짓는다."

"예상했던 일입니다."

나왕이 대답했다.

알고 있는 일이기도 했다.

"그리고… 그 선봉에 북두산문을 세우려 하더군. 북두산문을 사냥개로 쓰려는 것인지, 아니면 향후 무림에서 자신의 꼭두각시로 쓰려는 것인지는 정확치 않지만."

귀산 왕전이 명안 이조의 계획을 숨김없이 이야기했다.

"그 역시 알고 있습니다. 북두산문의 운명이야 그들에게 달렸다고 생각하겠지요. 이 싸움에 살아남으면 꼭두각시로 쓰고, 아니면 몰락하는 것이고. 어쨌든 그의 목적은 달성될 테니까요."

"음… 참 독한 양반이지?"

귀산 왕전이 새삼스레 명안 이조가 두려운 표정으로 말했다.

"천하를 혈해로 만드는 놀이를 하는 사람들입니다. 독한 것이 아니라 정신이 이상한 것이지요."

나왕이 차갑게 말했다.

명안 이조에 대한 어떤 동정심이나 이해도 불가하다는 단호한 태도다.

"그렇긴 한데… 참, 애매한 구석이 있어."

"뭐가 말입니까?"

"어쨌거나 정사대전은 이겨야 하지 않는가?"

걱정하던 바다.

귀산 왕전에게는 명안 이조의 숨겨진 정체보다 당장 천하가 마도의 손에 넘어가는 것을 막는 것이 더 중요한 것이다.

"그래서 그의 악행을 두고 보자는 겁니까?"

나왕이 차분하게 물었다.

그러나 이 차분함 속에 숨어 있는 분노를 귀산 왕전은 느낄 수 있었다. 차라리 화를 내는 것보다 더 큰 분노다.

말 한마디 잘못하면 오늘로 불사 나왕과의 인연이 끝날 수도 있었다.

"그런 말은 아니네."

왕전이 서둘러 부인했다.

"그럼 어떤 뜻으로……?"

여전히 차분한 목소리로 나왕이 물었다.

"그의 악업을 막고 죄를 묻는 것만큼 마맹과의 싸움도 중요하다는 뜻이네."

"…마맹과의 싸움. 어떤 결과를 원하십니까?"

나왕이 물었다.

"당연한 것 아닌가? 이유가 어찌 되었든 싸움이 시작된 이상 반드시 이겨야 할 싸움이네. 그래서 절대삼천인지 하는 자들을 다루는 것이 어려운 것이고."

"정사대전을 벌인다면 그거야말로 그들이 원하는 일일 겁니다."

나왕이 말했다.

"그 말은 마도의 발호를 그냥 두고 보자는 말인가?"

이번에는 귀산 왕전의 목소리가 차갑게 굳었다.

그로서는 어떤 경우라도 마도의 도전을 회피할 생각이 없었다.

"강호에 지난 이십 년 같은 시절이 있었던가요?"

나왕이 엉뚱할 수도 있는 질문을 했다.

"무슨 뜻인가?"

"지난 이십 년은 정파의 시대였지요. 아니, 정확하게는 정파를 자처하는 사람들의 시대였습니다. 무림사에 정사 양쪽의 균형이 이렇게까지 기울어진 시절이 없었습니다."

"……."

여전히 불사 나왕이 말하려는 바가 무엇인지 알 수 없다는 표정으로 귀산 왕전이 말을 아꼈다.

"그런데 그 시절이 과연 평화로웠습니까?"

"자네 무슨 말을 하고 싶은 건가?"

이십 년간 무림은 평화로웠다고 말하고 싶은 듯한 왕전이다.

"구패의 군림이 평화로웠냐고 여쭙는 겁니다."

"…그나마 그랬다고 생각하네."

"그나마! 최근 몇 년간 구패의 패악이 어떠했는지 잊었습니까? 세상의 모든 힘과 재물이 구패에게 몰렸습니다. 그들의 이익에 해가 되는 문파들은 정파라 해도 처참하게 무너졌지요. 무림맹은 강호의 안정이라는 이유로 그런 구패의 패악을 눈감아 줬습니다."

"음……."

불사 나왕의 말에 귀산 왕전이 제대로 반발을 하지 못했다.

나왕의 말이 틀리지 않기 때문이다.

이십 년의 평화가 이어지는 동안 구패는 부패했고, 독선적으로 무림을 운영한 것이 사실이었다.

그 와중에 억울하게 폐문한 문파가 한둘이 아니었다.

"다시 여쭙지요. 무림사에 정사 어느 한쪽의 독패가 이렇게 길었던 적이 있습니까?"

"아마… 없었던 것 같군."

왕전이 대답했다.

"저 역시 누구보다 마도의 무리를 증오하는 사람입니다. 하지만 그렇다고 해서 그들을 세상에서 완전히 뿌리 뽑아 영원히 마도의 무리가 무림에 나타나지 않는 세상을 만들 수 없다는 것 또한 잘 알고 있습니다. 왜냐하면 정사의 편 가르기가 결국 사람의 마음에 따라 변하는 것이기 때문이지요. 오늘의 정파가 내일의 마도가 될 수도 있는 것이 세상의 이치 아니겠습니까?"

"그래서 하고 싶은 말이 뭔가?"

"마도와의 싸움은 무림이 존재하는 한 영원할 거란 뜻이지요."

그쯤에서 나왕이 입을 닫았다.

이 정도 말했으면 귀산 왕전이 자신이 하는 말의 의미를 알 수 있을 거라 생각했던 것이다.

"한판의 싸움으로 모든 것을 끝낼 생각은 말라는 뜻이군."

"무림의 정기가 가장 크게 훼손되는 일이지요. 가장 좋은 것은 마도를 통제 가능한 상태로 만드는 것입니다."

"통제 가능한 상태… 말은 그렇지만 정사의 공존을 말하는 것이군. 그런데 그게 가능할까? 이미 호랑이 등에 올라탄 형국인데. 정의대의 호출은 이미 천하무림에 전해졌네. 내가 되돌릴 수 있는 문제가 아니야."

귀산 왕전이 나왕을 만나러 오는 동안 이미 무림맹에 속한 문파들에게 정의대의 소집이 전달됐다.

아마 채 열흘이 지나지 않아 북두산문이 그 호출에 응할 것이다. 그렇게 되면 천하의 모든 문파가 정의대 호출에 호응할 수밖에 없다.

그렇게 모인 강력한 전력은 결국 정사의 대회전으로 이어질 수밖에 없었다.

"세상의 운명이 그렇다면 어쩔 수 없는 일이지요. 하늘은 가끔 피의 역사를 강제하니까요. 하지만 막을 수 있다면 막아보는 노력도 필요하지요."

"어떻게 말인가?"

"그 일… 제게 맡겨주시겠습니까?"

나왕이 물었다.

"정사대전을 막는 것?"

"싸움이야 어쩔 수 없는 것이고, 큰 싸움을 막는 것 정도라고 해두지요."

"방법이 있는가?"

"생각하고 있는 계획이 있습니다. 물론 실현될지는 모르겠지만."

"지금은 말해줄 수 없고?"

"누군가가 위험해질 수도 있는 일이라……."

그 누군가는 당연히 마맹에 들어가 있는 적월이다.

아무리 왕전을 믿어도, 혹은 나왕이 무림이 혈해로 변하는 것을 막고 싶다 해도 적월의 안전만큼 중요하지 않다.

"음… 누군가 위험한 일을 하고 있다는 뜻이군. 그 말은 자네가 벌써부터 움직이고 있었다는 것이고."

왕전은 나왕이 이미 꽤 많은 일들을 해왔음을 직감했다.

"청풍회라고 있습니다."

"청풍회? 못 들어본 말이군. 무림의 세력인가?"

왕전이 물었다.

"제가 만든 모임 정도입니다."

"모임?"

"그렇습니다. 난세에 생존을 위해 서로 돕기 위한 모임 정도라고 해두지요. 누굴 적으로 둔 모임은 아닙니다."

"제삼의 세력이라."

"그들의 도움을 받아 절대삼천의 놀이를 망쳐보려 합니다."

"누구와 싸우려는 모임이 아니라고 하지 않았나?"

왕전이 반문했다.

"청풍회의 문파들이 검을 들고 절대삼천과 싸우지는 않을 겁니다. 다만 다른 형태로 절 돕게 될 겁니다. 그러니……"

"절대삼천과의 싸움은 자네에게 맡겨달라?"

"그렇습니다."

나왕이 대답했다.

"후우……"

귀산 왕전이 길게 한숨을 쉬었다.

불사 나왕의 능력을 믿지 못하는 것은 아니었다.

그러나 상대는 수십 년간 천하를 어둠 속에서 조종해 온 절대삼천이다.

그리고 강호의 형국은 일촉즉발의 위기. 불사 나왕 한 명만 믿고 있기에는 너무 위험한 시국이었다.

"내가 어찌할까?"

귀산 왕전이 물었다.

결국 나왕의 뜻에 따르겠다는 의미다.

그런 왕전의 말에 나왕은 고맙다는 말도 하지 않았다. 그 자신의 사욕을 위한 일이 아니기 때문이다.

"일단은 그의 계획대로 해주시지요."

"정의대를 동원해 마도의 무리를 한곳에 몰아넣는 일 말인가?"

"그렇습니다."

"대체 어쩌려고?"

두 세력이 한곳에 집결하면 싸움이 나지 않을 수 없었다.

"때가 되면 정사 양도의 수장들은 스스로 선택하게 될 것입니다. 공멸인가 공존인가를… 제가 하고자 하는 일은 그들이 스스로 자신들의 운명을 선택할 수 있는 기회를 만들어주려는 것입니다. 거기까지가 제가 할 수 있는 일이겠지요."

나왕이 굳은 표정으로 말했다.

*　　　*　　　*

두두두!

일단의 무리들이 관도를 질주했다. 복장으로 보면 무림인이 분명했다.

낙양에서 장안으로 이어지는 관도를 질주하는 무인들의 모습이 전의로 가득 차 있었다.

"후우……."

관도 변에서 노점을 펼치고 나무 그릇 장사를 하던 중년 상인이 한숨을 내쉬었다.

그러자 그 옆에서 산에서 캐 온 약재를 팔던 사내가 말했다.

"한숨을 왜 쉬나? 우리 일인가?"

"그래도 무림인들이 싸움질을 하면 장사가 어렵지요. 관도를 다니는 사람들이 팍 준다니까요."

"걱정 말게. 이번에는 좀 다를 거야."

"뭐가 말입니까?"

"듣자하니 무림맹 전체가 나선 것 같아. 천하 곳곳에서 무림맹의 고수들이 세력을 만들고 있다더군. 마맹의 마인들을 거의 동시에 공격하는 것 같더라고."

"그럼 더 큰일 아닙니까? 천하가 싸움판이 되는 건데."

"허어, 이 사람 하나는 알고 둘을 모르는군. 싸움이란 것도 세력이 비등할 때 무서운 것이지. 세력으로 마맹이 무림맹을 감당할 수 있을 것 같은가? 그들은 분명 순식간에 패주해 도주할 걸세. 그렇게 되면 뭐, 새외로 나가든 그러겠지. 아마 오래 걸리지 않을 거야. 그러니까 장사 걱정을 말아."

상인 노인이 마치 자신이 강호 사정을 손에 놓고 있다는 듯 자신 있게 말했다.

"정말 그럴까요?"

"허어, 글쎄 날 믿으라니까."

"참, 상 어르신은 그런 식견은 어디에서 배운 겁니까?"

중년 상인이 감탄하며 물었다.

"다 나이지. 이십 년 훨씬 전에 칠마의 난이 있지 않았나?"

"그랬지요. 그때는 저도 어렸는데……."

나이 들어가는 자신이 억울한지 중년 상인이 갑자기 한숨을 쉬었다.

"이 사람 참, 곧 관 속에 들어갈 늙은이 앞에서 나이 타령은."

"아아, 죄송합니다. 지난 세월 이룬 것 없이 노점이나 하고 있는 신세가 처량해서 그만……."

"그런 말 말게. 그래도 해 지면 들어갈 집 마련했고, 처자식 굶기지 않으면 성공한 인생이지."

"그럴까요?"

"당연하지. 처자식도 없는 내 신세만 하겠나. 아무튼 말이야. 그 칠마의 난 당시에 내가 무림맹의 일을 좀 했거든. 그래서 강호의 사정을 제법 알고 있지."

"정말요?"

중년 사내가 화들짝 놀란 표정으로 물었다.

"그렇지 않다면 무림의 일을 어찌 알겠나."

"그럼 지금도 무림의 사람들과 인연이 이어지고 있습니까?"

"뭐… 그렇다고 하기는 어렵지만 아주 가끔 그때의 사람들을 우연히 만나기는 하지. 그저 안부나 주고받는 정도지만."

"야, 이제 보니 상 어르신 대단한 분이셨군요?"

"대단키는! 심부름이나 했던 사람이라니까."

"그래도요. 무림인과 알고 지내는 사람이 얼마나 된다고요."

"후우, 무림이란 곳은 멀리하면 멀리할수록 좋은 거야. 난 가끔 그 사람들이 다른 세상으로 한 번에 증발해 버렸으면 하는 생각도 했다네. 물론 칠마의 난 때 말일세."

노인이 고개를 저으며 말했다.

"그렇게 고약한 자들인가요?"

"고약하지. 사람의 피를 먹고 자신들의 살을 찌우는 사람들이니까. 에이, 그 이야기는 그만하세. 곧 점심인데 밥맛 떨어지겠어. 아무튼 이번 싸움은 걱정 말게. 생각보다 쉽게 끝날 테니."

노인이 확신했다.

"뭐, 어르신이 그렇다면 그렇겠지요."

중년 상인이 약간의 찝찝한 구석이 있는 듯했으나 결국 노인의 말에 수긍하는 듯 보였다.

"상황이 좋지 않기는 하군요."

마영 천이 스쳐 지나며 두 상인의 이야기를 듣고는 씁쓸한 표정으로 말했다.

"아니, 노상의 장사치 이야기를 뭘 그렇게 신경 쓰십니까?"

뒤따르던 마영 황이 너무 예민하게 군다는 듯 마영 천에게 말했다.

"그게 문제일세. 강호의 책사들이야 정세에 밝으니 근거를 가지고 말하지만. 저자의 장사치들은 감으로 느껴지는 분위기를 말하는 것이거든. 그런데 그 분위기라는 것이 사실 무척 정확해. 양쪽의 전의가 만들어내는 것이니까."

"…하긴 마맹의 맹도들이 주눅이 든 것 같기는 합니다. 천하에서 일거에 무림맹 정의대가 소집되니……."

마영 황이 걱정스러운 표정으로 말했다. 그러면서 앞서가는 적월을 슬쩍 바라봤다.

하지만 적월은 별반 걱정하는 표정이 아니었다.

그런데 그런 적월의 모습이 마영 천이나 황에게는 이해가 되지 않았다.

애초에 적월이 계획했던 정사대전은 전면전이 아니었다.

천하 각지에서 기습적인 도발을 감행하고, 다시 어둠 속으로 숨어들어 적의 추적을 피한다.

자파의 안위를 걱정한 무림 각 문파가 무림맹에 파견한 고수들을 소환하면 무림맹의 전력은 약해지고 전면전의 가능성은 사라질 것이라는 게 적월의 계획이었다.

이후에는 지루한 장기전을 이어가면 무림맹과 적당한 선에서 타협을 이루는 것. 이것이 현 마맹의 전력으로 얻을 수 있는 최선의 결과라는 것이 평소 신마령주 적월이 알린 계획이었다.

그런데 무림맹이 정의맹을 소집하고, 천하 각지에 강력한 무림맹의 전력들이 구성되면서 적월의 계획은 실패로 돌아가고 있었다.

벌써부터 강호로 나왔던 마맹의 마인들 중 마맹으로 복귀하거나 아니면 아예 중원을 떠나 다시 새외로 도주하는 자들이 생겨나고 있었다.

특히 더 문제는 그런 마인들의 움직임이 마맹의 맹주, 구중천주 후금의 명에 따른 것이 아니라는 것이었다.

그야말로 오합지졸, 맹주의 명이나 맹주에 대한 보고도 없이 마인들은 자신들의 안위를 위해 스스로 행보를 결정하고 있었던 것이다.

그렇다면 이 싸움을 절대 마맹이 견뎌낼 수 없다.

이대로 마맹으로 모여들어 무림맹의 전면적인 공격을 받는다면 마맹은 궤멸하고 말 것이다.

그런데 그럼에도 불구하고 적월은 별로 걱정하는 기색이 보이지 않았던 것이다.

마치 자신과 상관없는 싸움이라는 듯한 모습 같았다.

그런 모습이 무영오마로서는 쉽게 이해할 수 없었다.

그리고 급기야 평소 조심했던 질문을 하지 않을 수 없었다.

"령주님, 이대로 상천곡으로 돌아가시는 겁니까?"

마영 천이 조심스럽게 물었다.

"음……."

적월이 무심하게 고개를 끄떡였다.

"그럼 결국… 상천곡에서 적을 맞게 되겠군요."

"아마도 그렇겠지? 아니면 더 적당한 장소를 찾으면 좋겠고."

적월이 대답했다.

"설마… 무림맹과 전면전을 벌일 생각이십니까? 그렇게 되면 애초의 계획이……."

마영 천이 놀란 표정으로 물었다.

"상황에 따라 계획은 변하는 거지. 조급해 말라. 지금의 상황도 계속되지는 않을 테니까. 조만간 또 다른 변화도 있을 거야."

"달리 계획하시는 것이 있으시군요?"

"글쎄. 생각해 둔 게 있기는 한데… 모르지. 일이란 게 사람의 계획대로 되는 것도 아니고. 뭐, 일이 잘못되면 한번 제대로 싸우는 거고."

"하지만……."

마영 천이 걱정스러운 표정을 지었다.

"왜 자신 없나?"

"솔직히 전력으로 보자면……."

"좋아, 좋아. 그런 조심성이 있어야지. 아무리 마도에 몸담고 있다 해도. 그러니까 혹시라도 결국 대결전이 벌어지면 그대들은 뒤로 빠져."

"예?"

"전쟁은 말이야. 결국 살아남은 자가 승리하는 것이거든. 특히 마도에서는 말이지."

생각지도 못한 적월의 말이다.

평소 신마령주로서 보이던 적월의 모습과 달라 마영 천이 당황스러운 표정을 지었다.

"왜? 마맹을 위해 목숨을 걸 생각이었나?"

적월이 떨떠름해하는 마영 천에게 물었다.

"그, 그것이……."

마영 천이 말을 더듬었다.

물론 그는 마맹을 위해 목숨을 던질 생각은 없었다. 혼마 창이라면 모를까.

"잊지 마. 충성의 대상이 누구인지."

"아, 알겠습니다."

마영 천이 금세 적월이 한 말의 의미를 깨닫고는 대답했다.

적월은 마맹이 아니라 적월 자신을 위해서만 목숨을 걸라고 말하고 있는 것이다.

"이 큰 싸움이 끝났을 때 말이야. 난 내 옆에 누구라도 남아 있기를 원해. 내가 나서서 이런저런 잡다한 일을 할 수는 없잖은가?"

말을 그렇게 했지만 무영오마는 다른 의미로 받아들였다.

적월이 자신들을 진심으로 아끼고 있다는 생각을 하게 된 것이다.

"언제든 저희가 옆에 있을 겁니다."

마영 천이 충성을 맹세하듯 말했다.

"그랬으면 좋겠어. 이 망할 놈의 무림은 쓸데없는 일이 너무 많아. 귀찮은 것들을 다 죽여 버릴 수도 없고."

적월의 섬뜩한 말에 마영 천 등의 얼굴이 흠칫했다.

그런데 그런 그들을 더욱 소름 돋게 하는 말이 들렸다.

"무영마 님이 원하면 전부 죽일 수도 있는데……."

적월과 어깨를 나란히 하고 걷고 있던 환동이 한 말이다.

장난 같지만 결코 장난이 아니라는 걸 마영들은 알고 있었다.

환동이 현학원의 학사 사방유를 죽이는 걸 자신들 눈으로 목격했기 때문이다.

그때 환동은 사방유를 생사의 적이 아닌 즐거운 사냥감으로 대했다.

마영 천 등이 나선다면 반드시 죽음을 각오해야 할 사방유를 손안의 공깃돌처럼 가지고 놀던 환동이다.

더군다나 그를 죽일 때의 그 무심함이란… 사람의 목숨이 환동의 손에서는 들풀보다도 무게가 없다는 걸 두 눈으로 본 자들이기에 환동에 대한 두려움은 적월에 대한 두려움을 넘어서고 있었다.

"손에 피를 많이 묻히는 건 좋지 않아요."

"…알았어. 무영마 님이 그렇다면 그런 거지."

환동은 적월의 말에 반발하는 경우가 없었다.

적월이 무슨 말을 하든 환동은 쉽게 수긍했다.

오직 한 경우를 제외하고는.

"배고프다."

환동이 말했다.

환동의 말을 듣는 순간 무영오마는 자신들이 움직일 때가 되었다는 것을 깨달았다.

다른 건 몰라도 배를 채우는 일에 있어서만큼은 환동도 적월에게 양보를 하지 않기 때문이었다.

*   *   *

"뭘까?"

운중학 곤이 곰곰이 생각에 잠긴 채로 중얼거렸다.

누구에게 묻는 말은 아니다.

물론 그 앞에 예상보다 빨리 자신 앞에 나타난 학사검 종선이 있기는 했다.

그러나 질문이 학사검 종선에게로 향한 것은 아니었다.

질문은 그 스스로에게 하고 있었다.

그가 학사검 종선으로부터 들을 말은 이미 다 들은 상태였다.

천산혈사에 대한 보복, 혹은 신화밀교의 정확한 위치를 확인하기 위한 방법으로 마맹에서 살수들을 동원해 낙양 현학원을 공격했다는 사실에는 어떤 의심의 여지도 없었다.

그럴 수도 있는 일이고, 또 마땅히 일어날 일이기도 했다. 천산혈사에 신화밀교가 개입되어 있다는 증거가 나타났다면.

그럼에도 의문이 사라지지 않는다.

아귀는 맞지만 그 이면에 도사린 무엇인가가 있는 듯한 느낌을 지워 버릴 수 없는 운중학 곤이었다.

그래서 앞에 학사검 종선을 앉혀놓고 자신이 놓친 것이 없나 곰곰이 생각에 빠져 있었다.

그런 운중학 곤을 종선은 방해하지 않았다.

그렇다고 같이 고민하는 것도 아니었다. 그는 그저 자신과는 상관없는 일이라는 듯 편히 앉아 높은 산 아래로 강물에 그림자를 만들며 흘러가는 구름을 바라보고 있을 뿐이었다.

"어떻게 생각하시는가?"

결국 해답을 찾지 못한 운중학 곤이 종선에게 물었다.

그러자 학사검 종선이 퉁명스레 대답했다.

"무슨 상관 있습니까? 그 안에 내막이 숨어 있든 말든."

"무슨 말인가?"

"무림맹이 정의대를 호출하고 천하의 무인들이 마맹을 상대로 아홉 개의 거점에 모였습니다. 누군가 간계를 부릴 수 있는 상황이 아니라는 뜻입니다."

"제길… 누가 천하대세를 말함인가? 신화밀교를 공격한 일에 대한 것을 묻는 걸세."

"마찬가지입니다. 마맹이 어떤 의도에서 그 일을 저질렀든 그들은 더 이상 신화밀교에 관심을 둘 수 없는 상태입니다. 정의대가 호출되는 순간 간계라는 것은 아무 의미가 없어졌지요. 그 간계의 주인이 설혹… 마천이라 해도 말입니다."

종선의 말에 운중학 곤이 눈살을 찌푸렸다.

"그래도 따지고 보면 사백인데 말이 거칠구먼."

절대삼천의 뿌리는 같다.

서로 천하를 두고 수백수천의 사람을 죽이는 놀이를 하고 있지만 타인이 상대를 비하하는 것을 용납할 수 없는 사람들이었다.

절대삼천의 누군가를 비난할 자격이 있는 사람은 오직 서로들뿐이었다.

그래서 자신의 후계자인 학사검 종선조차도 마천을 함부로 부르는 것이 마음에 들지 않는 운중학 곤이었다.

그러나 학사검 종선은 운중학 곤의 기분을 별로 상관치 않았다.

특히나 마천 혼마 창의 경우는 더더욱 존중해 주고 싶은 생각이 없었다. 십이지방의 일이 여전히 그의 마음 깊은 곳에 원망으로 남아 있었기 때문이다.

"그는 제게 존중을 받을 사람이 아닙니다."

학사검 종선이 냉정하게 말했다.

"자네 무맥의 윗사람임에도?"

"그런 사람이 제 팔을 자르고, 제 형제들을 도륙했지요. 그 순간 마천은 제게 종파 윗사람으로서의 의미는 사라졌습니다. 물론… 절대삼천으로서의 존재감은 인정하지요. 언제나. 강한 사람이니까."

"흐음… 끙, 왜 그런 일은 벌여서… 쯧쯧."

운중학 곤이 혀를 찼다.

생각해 보면 당연한 일이었다.

자신의 한 팔을 자른 사람을 어찌 존중하랴.

"이제 어쩔 생각이십니까?"

이번에는 종선이 물었다.

"궁금한가?"

애초에 이 놀이에 종선의 몫은 없었다.

운중학 곤이 밀천으로서 마지막으로 펼친 놀이터이기 때문이다. 그래서 향후의 진행도 운중학 곤의 생각에 달려 있었다.

"정사대전이 벌어질 것이 확실한 상황이니 승패의 균형을 삼 년 동안 잡아두는 것이 쉽지 않을 것 같습니다."

삼 년간 정사 간 승패가 갈리지 않으면 이 내기의 승자는 밀천이다.

하지만 일단 정사 양도의 전력이 한곳에 모이면 반드시 승패가 갈릴 수밖에 없었다.

"후후… 승패 나지 않는 방법이 꼭 싸우지 않는 방법밖에 없는 것은 아니네."

"……"

"양패구상이라는 것도 있지 않은가? 그럼 무승부지. 하하하!"

운중학 곤의 눈에 한순간 잔혹한 안광이 스치고 지나갔다.

『십이천문』 14권에 계속…

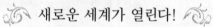

초대형 24시 만화방

신간 100%, 샤워실, 흡연실, 수면실(침대석), 커플석, 세탁기 완비

▪ 광명 광명사거리역점 ▪

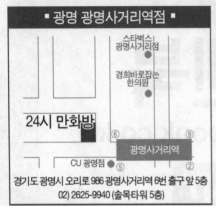

경기도 광명시 오리로 986 광명사거리역 6번 출구 앞 5층
02) 2625-9940 (솔목타워 5층)

▪ 강북 노원역점 ▪

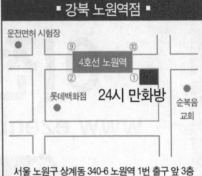

서울 노원구 상계동 340-6 노원역 1번 출구 앞 3층
02) 951-8324 (화용빌딩 3층)

▪ 일산 정발산역점 ▪

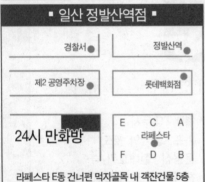

라페스타 E동 건너편 먹자골목 내 객잔건물 5층
031) 914-1957

▪ 일산 화정역점 ▪

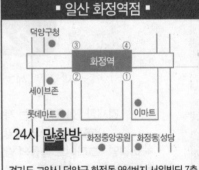

경기도 고양시 덕양구 화정동 984번지 서일빌딩 7층
031) 979-4874 (서일사우나 건물 7층)

▪ 부천 역곡역점 ▪

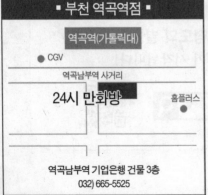

역곡남부역 기업은행 건물 3층
032) 665-5525

▪ 부평역점 ▪

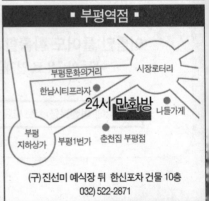

(구) 진선미 예식장 뒤 한신포차 건물 10층
032) 522-2871